美文馆

主编◉马国兴　吕双喜

最具感染力的爱情美文

U0571017

当你孤单你会想起谁

DANG NI GUDAN NI HUI XIANGQISHUI

　　每个人的人生，恰如由一篇篇小小说与美文组成，一页翻过，又是新的篇章，看似毫不相干，却又唇齿相依。

　　"小小说·美文馆"丛书，所选作品思想内涵、艺术品位和智慧含量兼具，在这个信息碎片化的网络时代，为您提供精良的智慧读本。

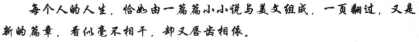

郑州大学出版社

图书在版编目（CIP）数据

最具感染力的爱情美文·当你孤单你会想起谁/马国兴，
吕双喜主编．—郑州：郑州大学出版社，2013.5（2023.3 重印）
（小小说美文馆）
ISBN 978-7-5645-1390-0

Ⅰ．①最…　Ⅱ．①马…②吕…　Ⅲ．①小小说-小说
集-中国-当代　Ⅳ．①I247.8

中国版本图书馆 CIP 数据核字（2013）第 043820 号

郑州大学出版社出版发行
郑州市大学路 40 号　　　　　　　邮政编码：450052
出版人：孙保营　　　　　　　　　发行部电话：0371-66658405
全国新华书店经销
三河市鑫鑫科达彩色印刷包装有限公司印制
开本：710 mm×1 010 mm　1/16
印张：13
字数：230 千字
版次：2013 年 5 月第 1 版　　　　印次：2023 年 3 月第 3 次印刷

书号：ISBN 978-7-5645-1390-0　　　定价：42.00 元

"小小说·美文馆"丛书

总策划、总主审

杨晓敏　骆玉安

编委名单

主　编　马国兴　吕双喜

编　委　（以姓氏笔画排序）

王彦艳　牛桂玲　李恩杰

步文芳　连俊超　郑兢业

梁小萍

序

杨晓敏

　　书来到我们手上，就好像我们去了远方。

　　阅读的神妙之处，在于我们能够经由文字，在现实生活之外，构筑属于自己的精神生活。透过每篇文章，读者看到的不仅是故事与人物，也能读出作者的阅历，触摸一个人的心灵世界。就像恋爱，选择一本书也需要缘分，心性相投至关重要，阅读的过程中，你会发现他与自己的不同，而你非常喜欢，也会发现他与自己的相同，以致十分感动。阅读让我们超越了世俗意义上的羁绊，人生也渐渐丰厚起来。

　　在这个信息碎片化的网络时代，面对浩若烟海的读物，读者难免无所适从，而阅读选本无疑是一个不错的选择。从《诗经》到《唐诗三百首》再到《唐诗别裁》，从《昭明文选》到"三言二拍"再到《古文观止》，历代学者一直注重编辑诗文选本，千淘万漉，吹沙见金。鲁迅先生说过："凡选本，往往能比所选各家的全集更流行，更有作用。册数不多，而包罗诸作。"为承续前人的优秀传统，我们编选了"小小说·美文馆"丛书。

　　当代中国，在生活节奏加快与高科技发展的影响下，传统的阅读与写作方式发生了深刻的变化，小小说应运而生，成为当下生活中的时尚性文体。小小说注重思想内涵的深刻和艺术品质的锻造，小中见大、纸短情长，在写作和阅读上从者甚众，无不加速文学（文化）的中产阶级的形成，不断被更大层面的受众吸纳和消化，春雨润物般地为社会进步提供着最活跃的大众智力资本的支持。由此可见，小小说的文化意义大于它的文学意义，教育意义大于它的文化意义，社会意义又大于它的教育意义。

　　小小说贴近生活，具有易写易发的优势。因此，大量作品散见于全国数千种报刊中，作者也多来自民间，社会底层的生活使他们的创作左右逢源。一种文体的兴盛繁荣，需要有一批批脍炙人口的经典性作品奠基支撑，需要有一茬茬代表性的作家脱颖而出。所以,仅靠文学期刊,是无法垒砌高标准的巍巍文学大厦的。我们编选"小小说·美文馆"丛书,是对人才资源和作品资源进行深加工,是新兴的小小说文体的集大成,意在进一步促进小小说文体自觉走向成熟,集中奉献出思想内容与艺术形式兼优的精品佳构,继而走进书店、走进主流读者的书柜并历久弥新,积淀成独特的文化景观,为小小说的阅读、研究和珍藏,起到推波助澜的作用。

编选"小小说·美文馆"丛书,我们选择作品的标准是思想内涵、艺术品位和智慧含量的综合体现。所谓思想内涵,是指作者赋予作品的"立意",它反映着作者提出(观察)问题的角度、深度和批判意识,深刻或者平庸,一眼可判高下。艺术品位,是指作品在塑造人物性格,设置故事情节,营造特定环境中,通过语言、文采、技巧的有效使用,所折射出来的创意、情怀和境界。而智慧含量,则属于精密判断后的"临门一脚",是简洁明晰的"临床一刀",解决问题的方法、手段和质量,见此一斑。

"小小说·美文馆"丛书共计十卷,分别为《最具想象力的叙事美文·深夜里游走的路灯》《最具感染力的爱情美文·当你孤单你会想起谁》《最具欣赏性的幽默美文·能说话的那堵墙》《最具实用性的写作美文·活着的手艺》《最具领悟力的哲理美文·有温度的词汇》《最具启发性的智慧美文·领着自己回家》《最难忘的军旅美文·沉默的子弹》《最生动的动物美文·一只在夜色中穿行的猫》《最清新的自然美文·赴一场心静如菊的盛宴》《最给力的草根美文·消逝的事物》。一定意义上说,人生就是由一篇篇小小说组成的,希望"小小说·美文馆"丛书为你的阅读人生增添美妙的元素。

好书像一座灯塔,可以使我们在瞬息万变的社会不迷失自己的方向,并能在人生旅途中执着地守护心中的明灯。读书是一种积极的生活情趣,一个对未来的承诺。读书,可以使我们在人事已非的时候,自己的怀中还有一份让人感动的故事情节,静静地荡涤人世的风尘。当岁月像东去的逝水,不再有可供挥霍的青春,我们还有在书海中渐次沉淀和饱经洗练的智慧,当我们拈花微笑,于喧嚣红尘中自在地坐看云起的时候,不经意地挥一挥手,袖间,会有隐隐浮动的书香。

(杨晓敏,河南省作协副主席,郑州小小说文化传媒有限公司董事长、总编辑,《小小说选刊》《百花园》主编。)

目录

3

打工曲

赵 新

鸡叫的时候男人醒了,女人也醒了。男人一睁眼看到了窗外的那颗圆圆的月亮,女人一睁眼也看到了窗外的那颗圆圆的月亮。

男人说:"咱们起吧,我今天必须得走,我得到城里赶 10 点的班车,可别误了点儿!"

女人说:"再急也得吃饭呀,空着肚子咋走?"

男人在那个遥远的城市里打工。男人本来昨天要走,可是昨天正好是农历正月十五。男人本来把行李收拾好了,就要抬腿上路,却发现女人不在屋里,不在院里,不在门口。男人立在街面上喊了几声,女人慌慌张张地跑回来了。女人说:"喊啥呢?叫魂吗?你不知道我是村剧团的团长,正带领大家排戏呢?"

男人忘了女人是团长。男人不关心村剧团的事情。男人说:"我今天要走,哪儿也找不见你……"

女人说:"你走吧,想走你就走;我得赶紧排戏去,演员们都在那里等着我!"

男人说:"哎呀,我一走就是一年,你不送送我?"

女人的眼里便浮起明亮的泪花。女人说:"今天不送!今天是正月十五,今天是团圆的日子,人家都是从外往回走、从外往家走,你却从家往外走,你没有家没有女人了吗?"

男人看着女人有了皱纹有了泪痕的脸,心里一动,结果就没走。

昨天没走今天走,男人很快起床了,女人也很快起床了。男人起床以后先到院里看了看,女人也就跟了出来。男人说:"你看天上的月亮多好,又圆又大,又明又亮,我真想亲她一口!"女人说:"好!你就别走啦,你不是说在

你干活的那个城市里看不见月亮吗?"

男人和女人都笑了,因为女人的名字叫月亮,他们觉得他们无意之中说出来的话很有意思,很上档次。

他们刷牙洗脸做饭吃饭,他们向左邻右舍一一告辞——他们出村时,那颗圆圆的月亮落坡了,而东山顶上的一缕朝霞却抹红了树梢,鲜亮了天地。

男人说:"走,上车!"

女人说:"好,上车!"

女人轻轻一跳,跳上了男人骑着的自行车。男人本来想坐班车进城,女人不让,女人说班车上人多,不得说话,更不得说悄悄话。男人一想也是,他现在走了腊月里才能回来,再想面对面地说话,还得树叶绿了再黄了,还得天气热了再冷了,煎熬得艰苦着哪!

男人故意把车子骑得慢了些。男人说:"月亮,你有话就说吧,路上没人,说什么都行!"

女人说:"老三,你没发现我变了吗? 你说我还是我吗?"

男人说:"没有呀,你哪里变了? 你不是你是谁呀?"

女人说:"没变才怪哩,我参加了村剧团,我当上了团长,我领导着 30 多个人;我出门就得请假,我在场就是指挥,我成了大家离不开的人——这还不是变化吗?"

男人恍然大悟了。男人想,这确实是女人的一个天大的变化啊,他们结婚 15 年,女人从未进过村剧团,从未登台唱过戏,而今年女人进家也唱,出门也唱,做饭也唱,洗衣也唱,有空也唱,没空也唱! 男人想,女人当了团长,辛辛苦苦地为村剧团服务,为乡亲们服务,这应该是件大事,是件光荣事,自己却不闻不问,看见了只当没看见一样,知道了只当不知道一样,这打击不打击女人的积极性,伤害不伤害女人的自尊心呢?

可是晚了,没法弥补自己的过失了啊!

男人说:"月亮,你别送我啦,你回去吧,你们不是还要排戏吗?"

女人说:"我跟剧团请了半天假,让他们先排着;我们今天晚上给咱们村的乡亲们汇报演出,可惜你看不上啦!"

男人说:"你也上台去演?"

女人说:"我是团长,我当然得演,我是压轴戏,我唱的歌曲叫作《打工曲》,歌词是我自己编写的! 我今年特别想唱想跳想演,你放心,有你的支持,我给你丢不了人!"

男人的心猛地疼了一下。男人说:"我支持了你什么? 我连口水都没给你送!"

女人说:"可是你没阻拦我,你没拉我的后腿没拆我的台!"

男人说:"这就叫支持?"

女人说:"这就叫支持! 如果我们排戏时你能站在旁边,能给我们鼓鼓掌,加加油,那就更好!"

女人把男人送到县城,而后一个人骑自行车返了回来。

晚上的演出很顺利,场面很火爆,女人最后一个登台演唱的时候,乡亲们的掌声仿佛暴风骤雨! 女人很沉稳,很大方,她在给台下的上千名观众鞠躬行礼后亮起嗓子唱道:"正月里来正月正,送郎去打工。打工要吃苦,挣钱要实诚,灯红酒绿头不晕;想家看看天上月,家乡的月亮分外明!"

女人忽然看见了男人。男人正挤在台下的人群里拼命为她鼓掌。女人知道男人今天没走,他是特意在这个时候从县城返回来,给她一个惊喜!

女人流出了满眼的泪水。女人接着唱道:"腊月里来飘雪花,盼郎早回家。昨天把鸡宰,今天把羊杀,孩子嘴馋光叫妈;傍晚村口把你等,西风残阳叫昏鸦!"

女人谢幕时,乡亲们一齐喊道:"再唱一遍,再给唱一遍!"

女人开完总结会议回到家里的时候,男人已经烧好了开水,做好了晚餐。男人说,为了观看村剧团的演出他给老板打了电话,老板准许他晚到一天并且不扣他的工资;男人说,你演得真好,你唱得真好,你扮相真好;男人说,这是我看过的最好的戏,明年我还接着看;男人学着女人的音调唱道,想家看看天上月,家乡的月亮分外明!

他们又看到了天上的月亮,那颗月亮又圆又大!

拉着小车散步

赵 新

早晨,男人扶着女人在小路上散步。

男人天天早晨扶着女人在小路上散步。

小路位于村西的山脚下。小路被他们天复一天、来来回回地踩踏,路面变得很光亮,很干净。正是春天,小路两旁杨柳依依,桃杏艳艳,鸟语花香。有炊烟从村庄里飘荡过来,悠悠地弥漫、扩散,被鲜活的朝霞染成一层紫雾。

女人累得气喘吁吁,头上冒出汗来。

女人说:"咱调头吧,调头回家!"

男人笑了:"你这个人说话真逗,还调头!你是汽车和飞机吗?还说调头!"

女人说:"不是调头是什么?是调屁股?"

男人说:"调屁股多难听呀,应该说扭头,咱们扭头往回走,扭头往回返!"

女人不服:"扭头就好吗?那要是把脑袋扭下来了呢?"

男人说:"你呀,净抬死杠!调屁股就调屁股,咱们调过屁股往家走!"

他们回到他们那处黄土小院时,太阳刚刚出山。

男人把女人抱在椅子上,洗了洗手,开始做饭。

男人不会做饭。男人这一辈子最发憷做饭。

男人问女人:"我说,你想吃什么?"

女人故意逗他:"我说,你能做什么?"

男人的脸红了,憨憨地说:"你别哪壶不开提哪壶,我这两下子你知道!"

女人说:"那就熬粥吧,你先在锅里添上两瓢水,然后烧火!"

男人数着一、二往锅里添了两瓢水,然后蹲在灶前烧火。

女人说:"水烧热了下两勺米,一勺大米,一勺小米。"

男人又数着一、二往锅里下了两勺米,一勺大米,一勺小米。

女人说:"搁碱,拿小勺挖,搁一小勺!"

男人说:"拿手捏不行么?非得拿小勺挖?"

女人说:"拿手捏可不行,拿手捏没准儿!"

锅开了,一股浓重的米香在院里飘散。一只鸡跑进来,要往灶台上跳。

女人说:"打鸡,打鸡!"

男人说:"这个不用你嘱咐,我知道,这又不是做饭!"

粥熬好之后,男人去菜园地里拔回一把带着露水的小葱,还买回一块豆腐来。

女人高兴了:"老汉,我给你出个题目,你知道小葱拌豆腐当怎么讲吗?"

男人说:"球,就你聪明就你俏!小葱拌豆腐,不是一清二楚么?"

女人哈哈大笑,笑出两眼泪水来。

男人说:"只要你高兴,你就使劲笑,电视上说,笑比哭好!"

他们吃饭的时候发现了一个大问题。女人喊道:"死人,这菜里你没搁盐么?"

男人说:"哎呀,你没有告诉我!"

女人愤怒了:"混蛋!我没告诉你,就是理由啊?我没告诉你,你咋知道你是一个男人啊?说!"

男人慌了:"老婆,你是病人,你千万别动怒生气!我想起来了,那个小葱拌豆腐是一清二白,对么?"

女人的气消了一大半:"你呀你呀,你就会逗着我玩儿!"

夜来了,月亮升起来了。从窗户里望出去,月亮很大,月亮很圆。

男人给女人洗了澡,铺了床,把女人抱进了被窝。

女人哭了,呜呜咽咽抽抽泣泣,泪水映着天上的月亮,一副痛不欲生的样子。

男人说:"你这个人一会儿刮风,一会儿下雨,谁又害着你啦?"

女人捉住男人的手:"谁也没有害着我,是我自己后悔啦。我早晨不该发火,不该骂你;我自己做饭也有忘记搁盐的时候,将心比心,我后悔死啦!你也是四十多岁的人了,家里也是你,地里也是你,我还累着你,还挨我的骂……"

女人说不下去了,女人泣不成声。一只蟋蟀很响亮地叫起来,和唱曲儿

一样,给屋里增添了许多活力,许多生气。

男人说:"这事还用得着赔礼道歉么?你听那只虫儿都在笑话你!人家说打是亲,骂是爱,不打不骂土坷垃块!两个孩子不在家,你不闹腾我闹腾谁?"

女人说:"我还把家里的钱花光了,你们挣个钱很不容易!"

男人说:"挣钱就是为了花,有挣有花才是光景,才是道理!光挣不花还有什么意思呀?光挣不花咱家里就没了变换,没了发展,就是一潭死水!有你在,咱就是一个团圆的家,我回来很温暖,出门挺踏实,所以咱那钱该花,花得值得!"

男人话一停,那只蟋蟀又很响亮地叫起来,又像唱曲儿似的。

女人说:"老汉,你这一讲我心里就透明了,亮堂得跟天上的月亮一样!我听你的话,好好治病好好吃饭,等病好了咱们好好过日子!"

男人递过一条毛巾来:"给,快把脸上的泪擦干净!"

女人说:"擦干净,擦干净,这一回我再也不哭啦!明天早晨再去散步时,你用小车拉上我,要不太累!"

男人说:"好,你往车上一坐,说走咱就走,说停咱就停。"

月亮升高了,女人带着满脸微笑睡着了。男人走到院里一声长叹,眼里的泪水喷涌而出。

秋凉了树叶黄了的时候,那条小路旁边起了一座新坟。

奇怪的是男人没哭。男人一滴泪水没流。

男人天天早晨还在小路上散步。男人散步的时候推了一辆小拉车,车上铺了厚厚的被褥。

男人走到坟前说:"来吧,上车吧,我用车拉着你遛弯、散步!"

男人说:"你看这秋天多好,高粱红了,谷子黄了,瓜果香了……"

男人说:"你说什么?调头?好,咱们调头回家,你还指挥着我做饭,咱们还熬粥,还吃小葱拌豆腐!"

紫草随风花千树

红 酒

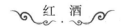

一

花千树是个风华绝代的美人。

没见到她前，我以为我是个绝色的女子。

只是，我从未见过她。

可我在这个地方住好久了。

以前住哪儿我记不得。

能忆起的是，很久以前有只斑斓绚丽的鸟儿衔着我，飞呀飞，不晓得鸟儿最终要在哪里栖息。

别人管这彩色大鸟叫凤，说它是吉祥的化身。

我被凤含在喙中实在是一种殊荣。况且里面是粉粉的颜色，温暖得让我感动。

我想跟着凤一直就这么飞，飞到天涯海角也行。

结果，凤遇到了凰，凤情不自禁唤了声"凰"，我便从它嘴里滚落，飘飘悠悠来到了这里。

这里谷深林密，人迹罕至。我跌落在一条幽静的小道旁。

那晚，有细细的月牙悬在天际，像佳人讶然时弯弯的眉。

五更时分，我被露水打湿，凉凉的，很清爽。

清晨，暖暖的阳光披着金色的霞衣温柔地抚摩着我的身体。

我贪婪地吮吸着日精月华，听得见我小小的身子裂开的声响。

终于挣脱了褐色铠甲，抽出嫩芽，我绽开笑脸，忙不迭地给柔风、细雨，

还有蜜蜂、花蝴蝶打招呼。

渐渐地，我出落得婀娜多姿，与众不同。

紫色的花冠将我装扮得超凡脱俗，清丽可人。

风来了。

风潇洒又体贴。

风温柔地附我耳边低语，说我是他见过的最美丽的女子。

我跟风说，我不是，我只是一株草。

风说，你不是株平凡的草，你有一袭高贵的紫衣，你的名字叫紫草。

我原来也有名字，而且拥有不同凡响的颜色。

多情的风时常来看我，他环绕在我身边，依依不舍，脉脉含情。

终有一天，我不再矜持，幻化成个绝色的女子，跣足来到风的住处。

幽谷里箫声轻扬，瑶琴袅袅，红烛春浓，温情盈盈。

风说，知道我爱你什么？优雅内敛，不事张扬，静栖一处，淡定从容。紫草啊，你有玉的温润，你是含蓄婉约的精灵。

我笑了，嘴角轻扬，如同上弦月。

风说，你笑起来摄人魂魄，笑成上弦月的女子世间少有。

于是，一株草，一缕风，恩爱甜蜜，缱绻缠绵。

二

我追逐着风来到溪水旁。

小溪欢快地唱着歌，山谷里全是溪水姑娘百灵鸟似的歌声。

而她，蓦地出现了。

我见到她的那一瞬间，我就知道我完了。

不光是我，空气也停止了流动，被动得凝固成一团冰。

那女人叫花千树。

花千树美得脱俗，令人心惊。

我把自己见过的女子在脑海中过滤了一千遍，也找不出与她相像的。

花千树只有一个。

风似乎也被花千树撼人的美惊呆了，紧紧攥着我的手，呆立着，一动不动。

原来，我和花千树相距这么近，可我从来不晓得前行。

假如我一开始就不信风的话，我会知道我和她的差距。

可我信了，我感觉自己真的是个绝色女子。

那一刻，我羞愧难当……

我偷偷抽回了我的手，紫袖遮面，踉踉跄跄转身就跑，全然不顾风在我背后大声呼叫。

我忘不掉风在注视花千树时的眼神，尽管这样的眼神也曾无数次地注视过我。

风说过，嘴角上扬如同上弦月，这样的女子世间难觅，你紫草算一个。

可花千树，你低头浅笑，居然也笑成了上弦月，我大惊失色。

花千树有所不知，你的美让纯真无邪的紫草瞬间学会嫉妒，我的世界就此消失……

心事难了，我悄悄来到溪水旁，躲在岩石后，再一次细细地端详花千树。

她风姿绰约，一出现，万物便没了颜色。

可是，花千树并不妖媚，她那双眼睛纯净得像雨后天空，清澈得如同山涧中的溪流。

我不是男人。若是，看她一眼，我会失魂落魄。正如我的风……

面对花团锦簇千姿百态的花千树时，我立即又变成幽谷中的那株无姿无色的紫草，谁都不会把目光长久地聚焦在我身上，只有多情的风袭来，我才能够借机摇曳舒展身姿。

风，不会总宠幸紫草，风的情人多得是。

而我，只有风。我伤心欲绝。

三

紫草——山谷中传来风焦急的呼唤，一声声，催人泪下。

我决定离开这里，祈求着凤凰再次来临。

果然，凤凰伉俪自天而降。

带我走吧……我一遍遍地祈求。

就在我发出一千零一次请求后，凤凰点了头。

风扑了过来，我从没见过他如此失魂落魄伤心欲绝。

紫草,别丢下我……原来分离这么令人肝肠寸断。

我哭了,流出一滴滴紫色的泪水。

风也哭了,雪白的长衣上居然有斑斑血泪。

我惊呆了,投入风的怀抱。

血泪交织,我蜕化成个有血有肉的紫衣女子。

我的风也变成一个长身玉立的儒雅书生。

咒语在真爱面前,瞬间失灵。

长裙曳地、仪态万方的花千树闻声赶来。

她把一个绚丽夺目的花环轻轻套在我洁白如玉的颈项上,吻了我的额头,牵着我的手,来到风身旁,嫣然一笑,说有个地方叫桃花岛,带紫草姑娘去吧。

风深深一揖,揽过我的肩,来到凤凰伉俪身边。

彩色大鸟驮着我和风,扇动着巨翼,冲天而起。

幽谷里箫声轻扬,仙乐袅袅。

风华绝代的美人花千树端坐溪旁,轻拨琴弦,送上了一曲《凤凰于飞》……

坯王

红　酒

　　大柱是远近闻名的坯王。

　　相思古镇上的人家盖房都会争着相请大柱,大柱脱的坯坚硬结实与众不同。别处盖房用青石砌根基,半人高时才摞坯垒墙。可用了大柱脱的坯,那些石料就省了,大柱的坯坚固得可与石料媲美。

　　镇东头花戏楼隔壁卖膏药的瘸子老三不屑地说,土坯是土坯,青石是青石,没听说过土坯能和青石一样结实。老三走起来总嫌路不平,一脚深一脚浅地来到大柱干活的地方,龇牙咧嘴憋了半晌劲也没搬起一块儿坯来。大柱见状一笑,取过一块儿坯,高高地举过头顶,使劲一摔,硬土地面上便被砸出个大坑。再看那坯,完完整整,还不带掉皮儿裂缝。瘸子老三的眼睛瞪成了牛铃铛,只顾竖起大拇指比画,惊得半天说不出话来。

　　瘸子老三回过神儿后就把大柱叫成坯王了。坯王不是白叫的,坯王自有过人之处。大柱身高八尺,相貌堂堂,稳稳当当往那儿一站,就是托塔李天王,两个拳头亚赛油锤,脱坯不用杵子。大柱的坯模整整比普通坯模大一倍,一下能装八块儿坯,充满湿土坯后足有七八十斤。别人脱坯图省事就地取土,可大柱总是不厌其烦地起五更到离镇子八里远的李家坡起土,说那儿的土质黏度大且细腻。最为当紧的一道工序是和泥,放水浸泡,反复踩踏,直把那土捣鼓得像麦子粉一样的暄腾筋道才肯动手脱坯。

　　大柱将醒好的泥奋力摔打堆在一起,脱坯时,双手上前,卡满一捧泥,至模具前再忽地分开,左右开弓,把泥摔进坯模中,两只胳臂忽高忽低,上下翻飞,大拳头腾腾腾砸上九下,扎个马步,端起湿坯,往地下轻轻一磕,八块坯分两行就晾那儿了。

　　清晨的太阳温柔到极致,即便是不眨眼地看它也不会刺伤眼睛。大柱

扛着脱坯用的家伙出现在杏儿家时,杏儿正站在窗户边那棵桃树下梳头,浓密的乌发瀑布般泻下,头顶上桃花夭夭,蜂飞蝶舞。阳光毫不吝啬地透过满树繁花,把杏儿的长发染成了七彩锦缎。大柱一阵眩晕,揉揉眼,定定神,才看清是个花一般的闺女。

杏儿这两条油光水滑的大辫子也不晓得让多少人惊羡。辫子长及腿弯处,乌黑发亮。一整天,大柱只闷头脱坯,衣裳甩在柴草堆上,贴身的那件白夏布褂被汗渍得精湿。他不敢再看杏儿,大柱的眼睛让这个长发妹结结实实地给弄伤了。

杏儿来续过几次茶水,每次,大柱听见杏儿细碎的脚步声,心里就像揣了一百只兔子狂跳个不停。杏儿把辫子从胸前甩向身后时,辫梢扫着了大柱的胳臂,大柱一激灵,像过了电。

杏儿说,大柱哥,看你脱坯就像听张天辈说书,你手里也拿着月牙板呢。大柱手没停,脸红得像刚飞到矮墙头上那只小公鸡的冠。

坯王大柱在杏儿家脱坯,起早贪黑,一连干了半个月。杏儿她爹捋着山羊胡子,高兴地围着坯垛子转来转去,连声叫好。杏儿说,爹,是坯好,还是坯王大柱哥好?都好,都好。杏儿她爹一手拍着坯,一手端个红泥小壶朝嘴里倒水。杏儿说,那爹就把他招过来让他给咱家脱一辈子坯。杏儿她爹被茶水呛住了,咳了好大一阵子。

杏儿她爹总想把杏儿嫁个殷实人家。坯王虽说有门好手艺,可一个汗珠掉地下摔八瓣儿,终归是个泥腿子,不行不行,不能嫁他。

瘸子老三家有个儿子在城里开店专卖膏药,据说生意好得不得了。前些日子回来进药,他在河边儿碰见杏儿了,回来就央请他爹上门提亲,说:"我进城那年杏儿还是个黄毛丫头,咋一转脸就出落成个天仙了?那长辫子,我的天哪,迷死人了。"

杏儿她爹看着瘸子老三家送来的聘礼,高兴得在屋子里待不住,一会儿工夫,端着个茶壶在镇子上走了八个来回。杏儿恼了,说要嫁你嫁,我就看上大柱哥了!

杏儿她娘走得早,杏儿还有个哥哥,脑子不太灵光,就指望着杏儿的彩礼给傻哥哥娶媳妇呢。杏儿她爹比葫芦说瓢,声泪俱下,好话说了一河滩,总算稳住了杏儿。

坯王自从认识杏儿,心里再也搁不下旁人了。坯王想,有了杏儿,这辈子算没白活。等忙过这阵子,就央人到杏儿家提亲,把娘留下的那支凤头金钗送给杏儿做聘礼。

这天夜里，坯王大柱静静地躺在炕上，两手交叉枕在脑后，想着杏儿要是把辫子盘成发髻，再插上金钗和红绒花该是什么模样啊？忽听一阵急促的敲门声，大柱忙起身开门，杏儿跌跌撞撞地进来，抱住大柱就哭，坯王慌乱不堪。

上弦月，像美人盈盈含笑的嘴角。今夜，因了这弯月，星空没心没肺地乐成了一朵花，它对杏儿和大柱的愁苦浑然不觉……杏儿离去时，把两条乌黑的发辫齐根铰下留给了坯王。

一所崭新的土坯房远离镇子，孤零零地立在南岸的柳树下，大柱从此不再帮人脱坯，整日待在坯屋里。有人在夜间见过他，一副失魂落魄的模样。问他，也不答话，只痴痴地望着远处。那里，有璀璨撩人的光，是城的灯，杏儿住那儿。

来年八月，一场突如其来的洪水冲塌了不少房屋，可相思古镇南岸那座土坯房却完好无损。据说，大柱在脱坯时，把杏儿的青丝秀发剪碎搅和在土中，每一块儿土坯都散发着杏儿的气息。

如今，坯屋尚在，坯王不知去向……

紫记儿

红 酒

紫记儿是个人名,听起来却不像。

紫记儿出生那天细雨潇潇,有燕子在屋檐下飞进飞出忙碌地筑巢。

紫记儿的娘一脸倦意地倚在床头,苍白俊美的脸上却是笑意盈盈。她目不转睛地望着锦丝小被中裹着的粉团儿似的女儿。

娘把慈爱的目光落在女儿嫩嫩的肩上,那儿有个紫红色的胎记,顺肩洒下,像一朵朵滴血的梅花。长有梅花胎记的人不多,记儿的胎记在右肩。于是,紫记儿就成了女孩的名字。

桃花溪紧紧地依偎着凤台山蜿蜒向东,溪流岸边,青竹成林,密密匝匝的榆叶梅分驻碎石小道两旁。纵深处有几处院落,被浓绿覆盖,影影绰绰,时隐时现。

紧靠竹林的三间瓦房是记儿的表哥家,这会儿柴门半掩,几只鹅昂首振羽,追逐嬉戏。屋前有两株垂柳,一阵暖风袭来,枝条摇曳,树影婆娑。南厢房房门洞开,有一白衫少年伏在矮桌旁,正在一截翠竹上专注地刻着什么。

白衫少年名叫陆子方,出自竹雕世家,自幼师从家学,深得真传且又有新创,尤其擅长花鸟鱼虫。

陆子方小小年纪,性情不免顽劣,常和表妹紫记儿手拉手下水捕鱼捉蟹摸虾。累了,俩人就并排坐在溪流边,脚丫子一下一下击打着水流,任鱼儿贴着光洁的小腿游来游去,也有调皮的鱼儿轻啄记儿白嫩嫩的脚趾头,直痒到她心尖尖里。

紫记儿蓝花小褂,肩上的梅花胎记赫然入目,陆子方用手指沿着胎记边缘轻轻划画,说记儿妹妹有个会开花的肩。

少年陆子方回到家后,将摸到的黑鱼青虾放入缸中,一改顽劣模样,凝神屏气细细观察那些活物的姿态神韵,一看就是半晌。

看足看够后就到园子里砍些青竹回来,信手雕刻。长须青虾,红尾鲤鱼,仿佛无水也会游。铁头蟋蟀,碧绿蝈蝈,由不得人观看时得用手捂着,生怕有个闪失,虫儿就会蹦到草丛中去。那些花儿更奇,无论山谷幽兰还是艳丽桃花,有袭人馨香扑面而来。一霎时,鱼在游,虫在鸣,梅花有暗香,凤凰舞翩翩。

紫记儿在桃花溪水年年岁岁的流响中出落成个绝色美人。表哥陆子方不光英俊洒脱一表人才,雕刻技艺更是日趋精湛天下无双。吃完定亲酒的那个午后,陆子方从怀中掏出个檀香木盒递给了记儿。打开来看,粉色盒衬上躺着一支碧绿的梅花发簪。

陆子方在这所望不到边的园子里,用精挑细选出来的翠竹雕刻了一支柔韧适度光泽温润可与翡翠媲美与众不同的梅花簪。

那支簪上雕刻了无数朵梅花,姿态各异,疏密有致。光洁的簪尾空出一段,无花却有个精精巧巧的篆字款。从簪中起,一朵两朵三朵……初看好似随意飘洒,看着看着,花朵渐密,至簪头处,梅花已是堆云叠雪般怒放了。簪头有花垂下,花蕊细如毫发,一朵套一朵如流苏般轻盈摇曳,像是要从梅树上不安分地一跃而下。

想不到小小一枚簪子,陆子方居然立雕镂雕浅浮雕,手法多样,做得精美绝伦,巧夺天工。记儿爱不释手,巧笑倩兮,暖暖的眼神让陆子方心醉。他轻轻揽过记儿,将簪子斜斜地插在了记儿浓密的青丝间,在她耳边柔声说:来年开春儿迎娶记儿过门。

让记儿始料不及的是还没等到开春儿,陆子方就被召进了宫中。万历皇帝喜欢竹雕,尤其痴迷花鸟竹雕摆件,派出大臣明察暗访,有人推荐了陆子方。

陆子方并没被客客气气地请进宫,他手艺再高,也是个下贱的民间工匠,他被一条绳索拖着,趺趺撞撞地进了宫。从此关山万里不可越,高墙深院,空留两地苦相思。

开春儿了,草长莺飞,柳枝软垂,山溪春水又满,溪水中有花瓣打着旋儿犹犹豫豫地不肯前行。紫记儿悄立溪边,无奈落花流水断人肠,记儿泪飞如雨。

噩耗传来,有人自京城传信儿,说陆子方为万历皇帝的书房精心雕刻了一条龙,那龙形态不凡,腾空跃起,气象万千。却不知是有意还是无心,陆子

方把自己的篆字款落在了龙口中。皇帝龙颜大怒,下令处死了陆子方。

万历皇帝并没就此罢休,他听说陆子方还有个绝色的未婚妻和一只天下无双的梅花簪,于是,下令宣紫记儿即刻进宫。

记儿被一群侍女拥着走出茅屋时,所有的人都被她撼世的美惊呆了。只见记儿艳装华服,环佩丁当,发髻高耸,碧绿的梅花簪赫然入目。记儿面向南岸含泪跪拜,那日,陆子方就是从这里被差人拖着,踏上了一条不归路。

突然,昼黑如夜,霹雳震天,狂风大作,雨急似箭,记儿不见了。惊慌失措的侍女指着竹林,颤声说,恍然间看见有条身影扑进了翠竹林。

所有的翠竹都被砍倒了,枝叶凌乱横七竖八。少顷,乌云褪尽,暴雨停歇,紫记儿依然不见踪影。劈开青竹,每棵空竹心内都映有一支或清晰或影绰的滴血的梅花簪图形,只能瞧,不能摸。摸了,有紫红顺着青竹一滴一滴淌下,桃花溪至此激滟如血……

不知过了多少时日,溪水中常有一白色大鸟单足伫立,日夜鸣叫。

那鸟头顶有冠,酷似梅花。背上有片紫红,顺着一侧鸟翼渐渐变淡。奇的是,鸟鸣声听起来像是一遍遍地召唤:陆郎——陆郎——

这只大鸟有个好听的名,叫紫记儿。

舞动的白纱巾

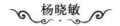

杨晓敏

舞厅是青春气息的发酵场。

没有天，没有地，天地变态疯狂旋转。

军人呷着咖啡，注视着面前魔幻般的世界。

迪斯科亢奋刺激。——草滩上，涌来一川野马群。灯光明灭变幻，连衣裙与牛仔裤无法裹住少男少女们急遽膨胀的力。

一位秀发上缠着白纱巾的女郎，弹击着鞋跟儿腾挪到舞池中心。所有的男性目光摇晃着，众星捧月似的转向这个诱惑的磁场。

真是个迷人的精灵。他欣赏她的舞姿。热烈奔放，妖而不媚，微微上挑的嘴角透出些许冷峻。白纱巾像一团燃烧的白色火焰……五年前，也曾经有过一个披白纱巾的姑娘，跟随在欢送新兵入伍的人群后面默默地观望。村口，他回首，那朵骄傲的"村花"终于被他胸前灼灼的光荣花征服了。阴电阳电砰然撞击，她含情脉脉，向他扬起一条白纱巾……

华尔兹井然有序。——湖面上，野天鹅忽扇着羽翅，轻掠波纹，缓缓升起。

五月。牦牛运输队的铜铃，撞响寂静的雪域。在哨所困了半年多的兵们，敲着盆、碗，欢呼雀跃，外加隆重的剪彩仪式——欢迎久违的"绿色信使"。一声"信来了"，会成为世界上最动听的声音。他捧着她的来信，倚在草坡上，心脏加速律动。一行行隽秀的字迹，像小金鱼，摇头摆尾地邀游在他的心之湖泊。犹如焦渴的旅人，掬起清冽冽的泉水。他流泪了，说不清是嫌幸福来得太早还是太迟。倦怠、牢骚、忧郁、恼怒统统一扫而光。他开始幻想，追忆村口她飞扬白纱巾时的姿势。二十三岁。多情种。他写起回信必是中篇小说。一年的相思和明年的话儿，一半真实一半虚构。讲雪域上

的趣闻,讲排长巡逻牺牲的事迹,最后竟莫名其妙地写上:"不知今宵是上弦月还是下弦月呢?我想我自己正在变成鹊桥上的一只喜鹊。"

慢四步潇洒闲逸。——水沟里的鱼儿翩跹游弋。

白纱巾仿佛一面旗帜,搅动舞池涟漪。

入伍第三年时,他该请假。排长巡逻时,灵魂随着雪崩升天而去。他推迟假期。去年,副班长鸟一样飞入院校深造,于是他又继续服役。他想念她。他千方百计从雪山下弄到哨所一盆吊金钟花。为保暖他把花儿罩在玻璃框中。吊金钟灼灼开放。每当看到它洁白的花瓣,他便会想起村口飞扬的白纱巾。后来,一位来哨所采访的军旅诗人曾为吊金钟题诗曰:雪山上唯一的常青树,世界上最小的风景区。

一年前,故乡秋雨,池塘暴涨,淹没一位落水儿童,她轻轻一跃,水面涟漪扩散,托住一片洁白无瑕的白纱巾……

他捧出一张照片凝视着,眼眶蓄满泪水。

今天,他回来了,可是村口再也不会飞扬那条炫目的白纱巾。

…………

然而白纱巾还在舞。

马泉河的爱情

杨晓敏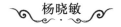

河水锁在雪下面，无声流淌。

他把背包绳缠在腰上，然后咕咚咕咚喝了半瓶白酒，说："行了。"让另一名战士抓住绳头，他毫不犹豫地跳进冰河里。脚踩在不坚实的冰上，"扑哧"一声陷了，水立即浸到腰际，他皱皱眉，伸手便拖出一只半死不活的羊。

这是在马泉河中打捞牲畜的一个特写镜头。主人公叫谭仕虎，是渡河班的班长。

"班长，已经捞出一百多只啦，你上来休息一会儿吧。"岸上牵绳子的战士不知催了多少次。

谭班长没有回答，也顾不上许多了。河中的牛羊实在太多，把它们早救出一分钟，就可能多挽回一个生命。在高寒地区养只牛羊多不容易呀。

冈底斯山脉与喜马拉雅山脉终年积雪，是两座无与伦比的水晶山。在高原太阳强烈照射下，冰雪融化成亿万条涓涓细流，聚集成世界上海拔最高的一条大江——雅鲁藏布江。当时大地尚未完全解冻，泛着青白色的厚冰层依然凝结在河床边，河心却是另一番景象，汹涌的河水夹杂着冰坨发出哗哗的撞击声，摇荡而下，在阳光下闪耀粼粼波光。永恒的河水流不尽摆渡战士的情谊。

由于地质条件的限制，渡口始终单靠这么一条船渡过往人员、车辆。几十块铁皮合成的一条渡船，是数百里内过河的唯一水上交通工具。农牧民转换夏季牧场时，几乎每天要摆渡二十次以上。百米阔的江水上，横一条钢缆，渡船的两个滑轮套在钢缆上，利用流水作用踽踽滑行。倘若遇到顶头风，就只有靠人来撑船了。这个渡口是世界上海拔最高的渡口。渡河班恐怕也是我军最小、条件最简陋的机械作业单位。谭仕虎率领他的两名战

友——很多时间都是他一个人——在"一船两江河"的水面上，创造着奇迹。

渡河班风雨霜雪无阻，天天摆渡而从不收群众的船费和礼物，在方圆百里传为美谈。寒夜，江对岸只要传来石头与石头的撞击声，渡河班的哨棚里，准会很快亮起一盏灯。

谭班长指着墙壁上的玻璃镜框，自豪地对我说："渡河班荣立过集体三等功，年年都是团里的先进单位。"

我知道他曾下河救人、打捞牛羊数次，现在几乎全身关节都不健康，便问："你立过功吗?"

他稍显不自在，但还是向里间喊了声："哎，把小木盒拿出来。"原来室内藏娇，门帘一动，里间走出一个娴静的小媳妇儿，冲我点点头。

"她是小许，我的婆娘，来探亲的。"谭班长边介绍边打开小木盒。里面有两枚军功章，还有优秀党员证书和奖品。我不想过多了解他如何立功的细节，看到小许，很自然扯到边防战士的婚姻问题上。谭班长说："我是'志愿兵'，起初休假两次都没找到合适的对象。人家姑娘嫌我条件差，又在国境线上，见面时说我又黑又老，不愿嫁给我。"

"怎么小许会爱上你呢?"我问。

小许抿嘴笑了，打趣说："还不是让他龟儿子哄骗的。我哥和他是战友。他明着来拜访我哥，其实在打我的主意。我哥说他能写会画，多才多艺，人忠厚老实，问我怎么样。我说他是个西藏兵，穷得丁当响，还在那个什么'世界屋脊的屋脊'上，跟着他这辈子还不吃苦受罪?! 谁知谭仕虎竟当面给我解释说:'我虽然是个西藏兵，但却是志愿兵，现在穿四个兜，出门不会丢你的人;再说也是大把从司务处领钱，将来同样安排工作。至于我们渡河班的那个地方，虽然冬天冷些，但夏天绝对不热。'当时我就耳朵一软，糊里糊涂地跟他结婚了……"

"没想到我还不错是吧? 要不怎么会千里迢迢来探望夫君呢? 西藏兵最讲的是情缘。"谭仕虎很乐意跟妻子嬉闹，又讲她如何在家操劳，看来这是挺幸福的一对。

站在流淌不息的大江边，我琢磨着西藏兵的情怀。和平时期，唯有在最艰苦卓绝的环境里锻炼成长，才配得上是天底下最俊美的男子汉。

锁

刘建超

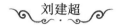

上大三时,甲、乙、丙同时爱上了一个女孩,女孩的名字好听,叫夏冰,夏天的冰富有诗意又充满浪漫和幻想。女孩和她的名字一样漂亮。

甲、乙、丙都有爱女孩的理由。

甲英俊潇洒,歌唱得好,舞跳得好,还是校百米冠军,走到哪儿都会引来女孩的目光。大家公认甲和女孩是最般配的一对,绝对的"优良品种"。甲有更多的理由与女孩在一起,形影相随。

乙爱女孩爱得结结实实。夏天,女孩午睡,树上的蝉儿鸣吵得人心烦,女孩无意中说了一句,乙就每天中午拿着长竹竿在树下轰蝉儿。别说夏冰,与夏冰同一宿舍的女生都感动得掉泪珠子。

丙爱女孩爱得无拘无束,从不许诺什么,也从不和女孩订约,在一起时他就会向你展示自己的风采。用女孩的话说,和丙在一起没有一点心理戒备,不会有一点精神负担,让人从心里往外舒坦。

毕业时,四人相聚一起,举杯痛饮。临别,女孩送给甲、乙、丙每人一把小铜锁——要说的都在锁里面,相约三年后,无论走到天涯海角,都要回到这里再相聚。

三年后,四人如约再聚。

甲已是一家科技公司的经理,他身边风姿绰约的漂亮妻子就是当年的女孩夏冰。

甲说,我苦思了一年,忽然醒悟,我找到夏冰说,打开这把锁的钥匙就在你的手中,恳求你为我打开这把锁。于是,我成功了。只可惜搬了几次家,那把锁也不知道落到哪儿去了。

丙说:甲犯规了,提前行动,近水楼台。

甲很得意:重要的是把握机会,这几年的商海风浪也使我深刻体会到这一点,机遇对每个人都平等,不平等的是谁的眼疾手快,谁抓住谁就会拥有。

甲示威似的搂紧了夏冰的腰。

乙闷头不说话,打开一只精制的小盒子,里边是那把铜锁和一本诗集,诗集的名字就叫《锁》。乙在南方打工,业余时间便守着这把小锁抒发心中的思念,现在已是全国小有名气的诗人。

乙说:夏冰,夏天睡觉还烦蝉鸣吗?甲为你撵蝉吗?

丙说:夏冰,你比从前胖了些,噢,或者说丰满了些。还记得在学校听说吃苦瓜能减肥,乙每天提前到饭堂排队给你打一份苦瓜,那阵子吃得你脸都绿了。女同学嫉妒得要死,送给了乙一个绰号:大苦瓜。

夏冰说:丙,说说你自己吧,你过得怎么样?

丙叹口气,唉,只要你过得比我好。丙从包里拿出一条项链,递给夏冰。夏冰惊奇地瞪大眼睛,这项链竟是用许许多多的小钥匙串起来的。

丙说,我太高估自己的制作能力了。我想用三年时间自己来制作一把打开这铜锁的钥匙,可我没成功。什么也不说,钥匙代表我的心吧。

夏冰眼里盈满了泪水,说你们能把两把锁还给我吗?

乙和丙坚定地摇摇头。

乙说,它锁住了我的一段美好记忆,它也成为我创作的能量和灵感。

丙说,它给了我一个追求的过程。我还要继续制作打开它的钥匙。不爱有一千个理由,爱不需要任何理由。甲,你要好好待夏冰,真有一天我打开了这把锁,我还会来找你。

甲说,我没了锁,却也不需要钥匙了。

乙问甲,你除了拥有,还得到了什么?

甲迷惑了,怎么,难道拥有了还不够吗?

夏冰的泪漂亮地滚落下来。

接纳

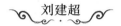

刘建超

芸是结婚后不再吃卤水大肠的。

芸白净的皮肤,高挑的个头,漂亮得大大方方实实在在,让人心颤,又容不得丝毫的邪念。那种漂亮你不仅仅能感触到,仿佛你伸出手就能抓得住。和芸在一起,你会觉得请她喝茶都是对她美的亵渎,只有全市最典雅的葡京大酒吧才能与她的气质相符。偏偏,芸喜好吃俗得不能再俗的卤水大肠。

芸少年时得了一场病,高烧退去,吃啥都觉得口中无味。父母着急,变着花样做好吃的,芸都吃不了几口。那日,芸的一个乡下表哥进城办事,顺路来看看芸。芸围着表哥嗅嗅,说表哥带了什么好吃的东西?表哥有些发窘,说走得急,没顾上给表妹买东西。芸不信,从表哥口袋里掏出一个油腻腻的纸包,纸包里是表哥吃剩下的卤水大肠。芸就在表哥的惊愕状态下,狼吞虎咽地把卤水大肠消灭掉。从此,卤水大肠成为芸生活中幸福的美食。

芸是年轻男人追逐的天鹅。有才的有貌的有钱的有权的想方设法与芸套近乎,芸都看不上,用芸的话说是找不到感觉。芸在二十八岁成为老姑娘的生日晚会上,终于找到了感觉,也让芸的亲朋好友没了感觉。芸看上了一个在区文化馆画画的半大老头黑蛤蟆。天下的事真是说不清楚,黑蛤蟆新近丧偶,人家也没对芸有什么非分之想,拒绝了几次。是芸上杆子追那黑蛤蟆的,芸读了黑蛤蟆在哪家晚报屁股上发表的一首酸奶果冻味的屁诗,被感动得一塌糊涂。芸迫不及待地就嫁给了黑蛤蟆,短得就没有什么值得回味的过程。唯一有带点味的回忆就是黑蛤蟆不再允许芸吃大肠。黑蛤蟆见不得芸把他认为猪身上最让人痛苦的部分当作最幸福的部分享用。芸竟然同意了。

黑蛤蟆容不得芸吃大肠,黑蛤蟆自己却十分嗜好街头的一种小吃——油炸臭豆腐。经常可以在周末的夜晚,看到芸挽着黑蛤蟆的胳膊出现在老城八角楼附近,黑蛤蟆有滋有味地咂巴油炸臭豆腐串。黑蛤蟆可以一气吃掉5串油炸臭豆腐,还可以列举出吃臭豆腐的十大好处,并且能够从美学的角度赋予臭豆腐很高的艺术欣赏价值。黑蛤蟆有时吃得腻歪,就把剩下的臭豆腐给芸吃。芸开始时,吃过了就吐,看到黑蛤蟆难过的样子,就擦擦眼角的泪,说我再试试,好东西也不是一下就可以接受的。黑蛤蟆兴奋地搂着芸说是的是的,比你吃的那猪大肠要强几百倍啊。

芸有一次还是忍不住吃了一回卤水大肠。芸参加好友露的婚礼,露的父亲是一级厨师,拿手的绝活就是卤菜。露知道芸的爱好,特意让父亲精心调制了卤水大肠。看着色香味俱全的精美佳肴,芸禁不住诱惑,美美地痛快了一顿。芸提前赶回家,洗了三遍手,还刷了牙。可还是被黑蛤蟆嗅出了味道,黑蛤蟆一副痛心疾首的模样,把自己关在画室里画了一宿裸女像。芸好歹哄着黑蛤蟆,还专门买回了油炸臭豆腐,黑蛤蟆的脸才有了笑容。芸专门去卖臭豆腐的小摊贩和人家套近乎,讨教制作方法,回到家就试着做。芸做的油炸臭豆腐比街上的还好吃,黑蛤蟆开心地吃,芸支着下巴幸福地看着。黑蛤蟆忽然放下手里的食物,对芸说,你这种神态太美了。黑蛤蟆拿来画板,把芸克隆到了他的画夹中。这幅名为《幸福的芸》的画参加了省里的画展,还得了一等奖。黑蛤蟆一夜成名。

露带着家传的卤水大肠去看芸,一进门就捂住鼻子,臭豆腐的味道让她不能忍耐。芸笑着说,有那么严重吗,我怎么闻不出来?露说,你麻木了。当露得知芸把自己的爱好也牺牲了,大骂黑蛤蟆不公,要为芸抱不平。露大声嚷嚷,我的公主,你怎么能这样?芸平静地说,我爱他啊,爱一个人就该接纳他的一切,包括他的优点和缺点还有他的喜好。露就莫名其妙地搂着芸号啕大哭。

芸和黑蛤蟆结婚五年后,芸病了。芸病得这个世界竟然没有能力挽留住她。黑蛤蟆整天耗在医院里,一步不离地守候着芸。芸拉着黑蛤蟆的手,吃力地吐出一个字,肠。黑蛤蟆说:"芸,我去,我去买你爱吃的卤水大肠。"黑蛤蟆买回了大包卤水大肠,他夹起一块放到芸的嘴边,芸摇摇头,期望的眼神抚摸着黑蛤蟆。黑蛤蟆说:"芸,你是让我吃?"芸点点头。黑蛤蟆泪如雨下,大口大口吞嚼着说:"芸,我吃,你看,我吃。"

芸灿烂地笑了,芸灿烂的笑化作了永恒。

美丽消失

刘建超

　　夏娃是这座古镇部落里最漂亮的姑娘,部落的人都以夏娃而感到自豪。部落虽然偏僻,可每天从镇上来的客人却络绎不绝。有的来观光、度假,有的来经商贸易,其实都是想目睹夏娃迷人的风采。

　　夏娃和伙伴在街道里无拘无束地嬉闹,对每位目盯着自己的人都报以灿烂的微笑。夏娃的灿烂微笑会印在人们脑海里一周都抹不掉,当那微笑刚刚淡去,人已鬼使神差地又站在了部落的街道旁。夏娃给部落里带来了什么,部落里的人都知道,也都能感受到,虽然大家都没有说出来。夏娃到了谈婚论嫁的年龄,可从来没有媒人登门。部落的人都认为,还没有谁家的男子会配上夏娃。只有部落首领的公子总要带着夏娃在街里兜几圈炫耀炫耀,好像他已经是夏娃未来的夫君。部落的人在背后向首领的公子吐舌头,长得跟蛤蟆似的,怎么能配上夏娃。镇里也有许多风度翩翩、潇洒倜傥的年轻人向夏娃表示爱慕之情,但是部落的人送给他们的回赠不是在回去的路途中马车轱辘跑掉了,就是陷进村口的污水池,风度扫尽,狼狈不堪。

　　部落图腾狂欢夜,人们载歌载舞彻夜不眠。最后一个仪式就是还未婚配的部落男女跳钟情舞,无论男女,只要接受了对方的邀请,便是向部落的人宣布这对有情人就要结合在一起了。首领的公子在众目睽睽之下大摇大摆地走到夏娃的面前,伸出肥嘟嘟的手。夏娃笑了笑,绕过他,径自走到坐在篝火圈外的一个健壮的小伙子身边,拉住了小伙子的手。刹那间,人们停止了喧闹,只有篝火贪婪舔食柴草的噼啪声。夏娃选中的小伙子是部落里的一个铁匠,名字叫亚当。亚当在大家的记忆里只有丁丁当当的金属撞击声和疙疙瘩瘩的腱子肉。亚当把夏娃像鸟一般背在身后,消失在暗夜中,人们才缓过神来,疯狂般地欢呼。

　　有了家的夏娃还像以前一样漂亮,格外还增添了几分妩媚。夏娃拿到集市上的器具,总是被当作纪念品一样被抢购一空。只是亚当收工的锤声洪钟般飘来时,再忙的夏娃也要收拾物品赶往家中,再好的姐妹也别想留住她。夏娃的表妹很好奇,不知表姐为何成了家这般守时。那天夏娃又赶回家时,表妹也尾随而至。表妹惊讶地发现,表姐在家竟然不穿衣物,上下一丝不挂。细问方知,强壮的亚当精力旺盛,随时都可能要夏娃满足他的欲望。为了方便,夏娃回到家干脆就不穿衣服。表妹脸红着跑了,刚出院子就听到了表姐幸福的呻吟声。

　　夏娃在家里不穿衣服的消息风一样传遍了部落。男人羡慕,羡慕夏娃的善解人意,对自己的女人便产生不满。女人羡慕,羡慕亚当的强盛,埋怨自己的男人不能让自己痛痛快快地满足。男人嫉妒,嫉妒亚当有了部落最漂亮的女人,还有旺盛的精力摧残她,而她还心甘情愿无怨无悔。女人嫉妒,嫉妒夏娃把部落里最强壮的男人掳走了,还脱光了衣服享受男人每天数十次的爱抚。男人愤怒了,愤怒的是亚当又不是种马,凭什么这样摧残部落的花一般的女人? 女人愤怒了,愤怒的是夏娃是个女妖,纵容男人产生邪恶的念头。男人找到首领,控告亚当的罪恶,要求按照族规对亚当实施火刑。女人找到首领,控告夏娃的罪恶,要求按照族规对夏娃实施火刑。首领的公子满脸淫秽地叫着,把他俩都烧死,全烧死。

　　部落的族长们认为夏娃亚当的行为是纵容了邪恶,败坏了族规亵渎了神灵,应处以火刑。村口架起了柴草,夏娃亚当被押到柴草前。首领罗列了夏娃亚当的罪恶,人们狂呼着:烧! 烧! 烧! 首领问夏娃还有什么最后的要求。夏娃深情地望着亚当,说她想在亚当的爱抚中去见神灵。夏娃在部落的众人面前脱去了自己的衣服,在族人张大了嘴巴的惊愕中,夏娃洁玉般的胴体与亚当紧紧缠在一起,淹没在熊熊烈火中。

　　部落恢复了平静,平静的部落人心里却像少了什么似的不自在。部落的人们开始互相埋怨、嫉妒、猜疑、咒骂、攻击、仇恨。镇里的人不再去部落,这里的部落摧残了人们心中的美丽。不久,这个摧残了美丽的部落就消失了。

暗恋的夏天

明晓东

十七岁的那个夏天，我如醉如痴地爱上了乔。

常常是落日的余晖在教室的一角洒下一地耀眼金子般的光芒的时候，我在一张飘着淡淡香味的信笺上对着讲台上侃侃而谈的乔，偷偷地画着他。

我喜欢乔的样子。乔那充满磁性的声音像是一群快乐的小鸟，在空中翩翩而舞，轻轻地落在全班48个男孩女孩的心田；充满智慧的目光总是似笑非笑地掠过教室的每一个角落，每次与我的目光碰撞的时候，我都会羞涩地低下头，一阵战栗的感觉在内心轻轻地激荡着。

乔是在我高二的下学期新来的语文老师，我知道乔不会明白一个17岁的小姑娘的内心，在25岁的乔的眼里，我只是一个内向而文静的小丫头，和他似乎隔着一个世纪的距离。可是我却抑制不住对乔的思念，尽管从他给我们上第一节语文课到现在，乔几乎从未单独和我说过一句话，但乔的影子却深深地刻在我的心里。

那天下晚自习后，我把在课堂上画的乔的肖像拿回家里。躺在床上，我第一次为自己有了小小的心事而失眠。我静静地看着乔的肖像，内心一种异样的感觉让我无法入眠。后来，我趴在床上完成了我心中的那幅画。我在画面上添上了自己，在画的左上方画上了两只翩翩飞舞的小鸟，我和乔正站在碧绿的草地上牵着手，欣赏着远处天边的斜阳……然后，我意犹未尽地拿起画笔，在画的下方写上了乔和我的名字，再找出过生日的时候姐姐送给我的那支口红，在乔的名字上印上了一个淡淡的唇印。

看着这幅画，我心中充满了一种无言的冲动。我决定要把这幅画交到乔的手里，哪怕被他臭骂一顿我也要让他明白一个17岁女孩的心情。这毕竟是我一生中最初的暗恋。

第二天一早，我早早地来到教室，看着讲台上放着的教案本，我知道接下来就是乔的语文课。看看四周没人，我慌乱地把自己的"杰作"夹在教案本里，飞快地跑到自己的座位上。

出乎意料的是，上课的时候进来的却是五十多岁的兼任学校副校长的数学老师。我的心一下子提到了嗓子眼里，当数学老师那犀利的目光扫过我身上的时候，我的脑子里不由得轰的一下响了起来。整整一天，我都在恐惧中度过。我不知道如果让母亲知道了这件事，自己将会是怎样一种处境。

我想从数学老师那里拿回那幅画，可是没有机会。快放学的时候，我悄悄地来到乔的办公室门口，我听到了乔和数学老师激烈的争吵声。数学老师坚持要通知我的母亲，而乔却坚决不同意。就在这时，我看见乔从办公室里冲了出来，怒气冲冲的样子。看见惊慌失措的我，乔又恢复了平静，我听见乔轻声地对我说："李婉娜，如果你能考上大学的话，我会等你！"

第二天，乔没有来给我们上课。据说那一年分到我们学校来的大学生只有乔没有被录用。其实真正知道乔为什么离开的，也许只有我。

懵懵懂懂的日子很快就过去了，怀着对乔的思念与愧疚，我发奋学习，终于考上了一所著名的大学。

若干年以后，我收到了一封没有署名的来信。拆开，竟然是多年以前出自自己之手的那幅"杰作"。在蒙眬的泪光中，我看到了那个闪动着艳丽色彩的红唇印儿，还如当年一样艳丽，一如青春的颜色。一种暖暖的感动在我心底缓缓升起，漫过了我所有寒冷的日子。

别人的北京

非 鱼

下了班，小美依旧去那家餐厅吃晚饭。

一杯西瓜汁，一套咖喱鸡套餐。简单丰富。

小美坐在那个角落，在背后大空调嘶嘶的冷风中，安静地等待她的饭。

小美胳膊支在桌子上，伸出一双手，从手指的缝隙里看进来的一个又一个客人，这似乎是她一直的习惯。这时，她看见了一张熟悉的脸。

明知道他此刻不会在这里，小美心里依然一惊，迅速闪过眼睛，看到别处，然后又在大厅里寻找，却再也找不到了。

现在，他应该在回家的路上，开一辆八成新的黑色索纳塔，在某条宽阔的街道上，和拥挤的车辆一起行，一起停。周围是热闹的奥运会招牌，鲜亮喜庆。那是北京。

他不会知道小美现在正在这个餐厅吃饭。他也没有必要知道。

五年前，他和小美都在这个小城里，在一家公司，他们正相爱着。

他们经常十指相扣，在小城里走啊走，一直走到脚疼。小美说：我们好像要把所有的好日子都走完。

因为一点小事，他和公司领导产生了矛盾。他没有告诉小美，豪迈地把辞职信拍在了领导的桌子上。等小美知道时，他已经收拾好所有的东西，微笑着和同事告别。小美拉住他，问他为什么，他说："我早受够了。"

再次十指相扣，小美除了难过，还是难过。她一句话也没有，想听他说些什么，但他什么也没说，两个人还是一直走。

他说要去北京，小美吓了一跳：那么远。

他背着一个硕大的包走了，义无反顾。小美笑着跟他拥抱，挥手说再见，眼看着火车慢慢离开，他充满希望的笑容也远了。

很快,他给小美打电话:"来吧,过来看看我,看看北京,我带你去后海,去转小胡同。"小美说:"好。"

小美答应着,却一直没有去,原因总是有。她觉得他在北京,北京就是她的,跑不掉,也飞不了。早晚有那么一天,她会愉快地到北京去,继续和他十指相扣,去走北京的大街小巷。小美慢慢地在他的描绘里想象北京,想象一些细节。北京在她的想象里越来越美好。

他不时地向小美叙说他的工作,他的生活,他的新朋友,新同事。一个叫桃儿的名字不经意就跳出来,跳到小美的耳朵里。小美问:桃儿是谁?

他说:桃儿是我的房东。

小美每次听到桃儿这个名字,心里就猛烈地疼,像被什么重重地挤了一下。小美觉得有必要下定决心去北京了。

同样,小美没有告诉他,轻飘飘地把辞职报告放在了领导桌子上。走出办公室,小美给他打电话:"我辞职了。"

他似乎吃了一惊:"干吗啊,干得好好的?"

小美本来想给他一个惊喜,告诉他她要去北京找他。话到嘴边,小美生生又咽了回去:"不想干了呗。"

很意外,他没有再说让小美去北京的话,说在看车,准备买一辆黑色的索纳塔,回头再和她联系。

一个回头,可能就是一辈子。小美知道,北京她是去不了了。他的北京,再不属于她了。后海的阳光,透过柳梢的湖面,潘家园,琉璃厂,冒着热气的泡沫红茶,都没有了,和他一起消失在小美的世界里。

行走在路边,只剩下小美一个人。脚步散漫拖沓,很快就累了。小美到这家餐厅吃饭,给自己点了满满一桌子的菜,庆祝似的,拼命地吃。

吃完,小美从手机里抠出和他一起买的电话卡。两个电话卡连号,一不小心就会说错。小美把电话卡摁进一块橘黄的南瓜里,像是把他也一起摁进去。

第二天,小美重又去上班,笑嘻嘻地对领导说:"把昨天当成愚人节提前过了。您老人家饶我一次吧。"

小美的生活又恢复了正常,她修改了一个电话号码,把过去都一笔勾销了。

小美说:"什么时候,别人可以和自己过不去,自己不能和自己过不去。"

后来,不断有他的消息传来。工作顺利,生活顺利,胖了许多,操一口蹩

脚的京腔,诸如此类,小美装作没听见,但又全记在心里。他的新妻会不会是桃儿呢?

单位组织旅游,几条线路里有北京,小美恶狠狠地说:"不去。"

几年时间很快过去,像转了一个圈,重又回到原地,仿佛他从没有出现过。但让小美没有想到的是,突然看见和他有些相像的模样,自己依然会惊慌失措,依然会心惊肉跳。

小美埋下头非常细致地吃完套餐配送的每一样小菜,喝完最后一口鲜红的西瓜汁,用手背抹抹嘴角,咬紧下唇,大步离去。

小美知道,北京,距离她是更远了。

红指甲，黑指甲

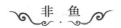

非　鱼

索玛有一双细长的手，留着长长的指甲。

索玛没事的时候最喜欢摆弄她的指甲，一会儿染成红色，一会儿染成黑色。

红是大红，血一样，耀眼。黑是漆黑，黑夜一样，冷寂。

索玛一双手伸出来，十个指甲先声夺人，暴露了她所有的心情，高兴是红，寂寞是黑。西田第一次看见她就说："索玛，你简直是个妖精。"那时索玛涂了一双黑指甲。

妖精不用费什么心思，西田已经晕头转向。西田说："索玛，索玛，我要死在你手里了。"

别看索玛年纪小，可她似乎早已是饱经沧桑，对什么都看得一清二楚。但她有这个年龄的女孩子少有的耐受力，看破不说破。说破就没意思了，说破了整个生活都没意思了，她索玛也就没意思了。

西田在都市村庄里租了一间房子，把索玛安置在那儿。索玛抱着自己的小熊，兴高采烈地搬过去。索玛把一双胳膊圈在西田的脖子上，把自己吊起来："西田，我现在吊在你这棵老树上了。"

西田把她放下来，在她头上拍拍："这棵老树还不算太老。"

索玛和西田的爱情故事就这样开始。

西田没事的时候就会来索玛的小屋，除了爱，就是看索玛涂指甲。

本来好好的指甲，索玛用洗甲水洗了，然后再涂，小心翼翼，一层又一层，不能有一丝半点的瑕疵，否则她就要打倒重来。涂完一双手，没有一个小时肯定是不够的。大部分时候，西田很有耐心，兴致勃勃地看索玛涂完一个指头，翘得高高的，远远近近观察完了，然后再开始下一个。偶尔，西田也

会失去耐心,因为他的时间有限,有限的时间不能浪费在无限的涂指甲上。他会催索玛,让她快点,索玛嘴里答应好啦,好啦,可手上的程序一点没改变。好不容易涂完了,西田想凑过去,索玛就大叫一声,支叉着一双手,蛇一样东躲西躲。

西田说:"索玛,索玛,我要死在你手里了。"

索玛瞪大一双眼睛,好看的嘴唇凑近西田的脸:"是吗?是吗?"

西田本来没打算和这个丫头认真,可只要开始了,就由不得他,他不认真也得认真。就像误入一片沼泽地,他越陷越深。

西田说:"索玛,这可怎么办?"

索玛说:"什么怎么办?"

西田说:"你啊,我啊,我们啊,还有……"

索玛知道那个还有后面是谁和谁,她等着西田说出来,可西田看着索玛,却没有勇气说下去。索玛嘻嘻一笑,几个红指甲弹琴一样在西田的脸上轻轻弹过:"你不会来真的吧?我可不跟你认真。"

西田不知道索玛是不是真的不认真,他却是真的猜不透。

索玛会跟西田要钱。索玛要钱要得理直气壮,一点也不像她那个角色应该有的神态。索玛一只胳膊吊在西田的脖子上,一只手伸出来:"给我点钱,我要买衣服。给我点钱,我要买鞋子。给我点钱,我要买化妆品。"一次也不多要,也就是三百五百。

西田刚开始觉得新奇,可索玛要得次数多了,他心里就不舒服起来。家里的那个谁也是这样伸手跟他要钱,他烦。索玛这个妖精一样的女孩子,怎么也这么烟火色?后来,西田就会装模作样去兜里掏,掏半天,只掏出一两张瘦瘦的票子,然后一拍脑袋:"哎呀,刚买完东西,忘记给腰包补充了。"

看不出来索玛有什么不高兴,依然和西田一起玩,一起爱,依然兴致盎然地涂她的红指甲、黑指甲。

大概是夏天的一天吧,晚上,月亮从小屋的窗户爬进来。索玛关了灯,和月亮对着看,看着看着眼睛受不了,她趴在床上给西田发短信:"我们完了,你以后别来了。"

索玛发完关了手机。第二天打开手机一看,没有西田的短信,可能西田晚上也是关着手机,还没看到短信。

索玛把自己的东西简单收拾了一下,退了房子,一手拎着她的全部家当,一手抱着她的小熊,开始寻找她今天晚上的安身场所。

大街上人来人往，每个人都匆匆忙忙，每辆车都匆匆忙忙，一切的一切都在各自的轨道里运转。这时，西田的短信来了："为什么？索玛，你在哪儿？"

　　索玛把手里的大包放在一家理发店门口的椅子上，拇指快速滑动，她说："不为什么，只是觉得没意思。真的没意思。"

　　短信发出去了，索玛把电话装进包里，伸出手，一双精美的黑指甲，在大白天看来，更加冷寂。

　　几天后，西田收到了索玛寄到他单位的汇款单，正好是她曾经跟他要过的数目。

　　西田实在不明白这个妖精一样的索玛到底在搞什么。

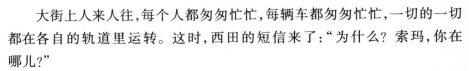

最具感染力的爱情美文·当你孤单你会想起谁

你的快乐不能问

非·鱼

刘子奇给郝拉拉打电话："耗子，晚上一起吃饭。"不等郝拉拉回答，他就挂了电话。

郝拉拉是刘子奇的高中同学，一个城市上大学，一个城市工作，熟悉得就像左手和右手。刘子奇一直沿用高中时同学对郝拉拉的称呼：耗子。

不用说时间，也不用说地点，左手自然知道右手想什么说什么。

郝拉拉一身破衣烂衫的样子，头发也是乱糟糟的，屁股后面一个硕大的帆布包，瘪瘪地拍打着她瘦瘦的身体。刘子奇头也不抬，闷声说："坐。"

刘子奇用吸管不停地搅面前的泡沫红茶，仿佛杯子里盛的不是红茶，是浓得化不开的东西。

又失恋了？郝拉拉一边从身上把包摘下来，一边问他。

放屁，你才失恋。会不会说点好听的？

好，既然没失恋，我就挑贵的点。郝拉拉招手叫服务员，刘子奇忙说："别，给我留条命吧。"

郝拉拉鼻子一拱，哼哼笑起来。就你这抠门样，还请人吃饭。服务员，一碗牛肉面。

两个人吃着饭，几乎没什么话，各想各的心事，陌生人一样。他们经常这样，一起吃饭并不是为了说话或者谈事，就是吃饭。吃完了，各自离去，过几天，又打电话，还是离不开。

郝拉拉吃饭的样子很野蛮，嘴巴张开很大，一筷子面塞进去，腮帮子鼓起老高。刘子奇说："你能不能慢点吃，没人跟你抢。"郝拉拉嘴巴占着，点点头，嗯嗯几声，依然如故。

吃完，郝拉拉问刘子奇："没事？没事我走了。"

刘子奇说:"走吧,我也走。"

两个人,一前一后,慢吞吞地在街边走。刚下过雨,梧桐树叶花儿一样贴在红色的道砖上,路灯的光照过来,一闪一闪的,美极了。郝拉拉站住,看着脚下的叶子出神。

刘子奇过来,问她,发什么愣呢?郝拉拉说没什么。两个人又开始沉默,不知道该说什么。说什么呢?汇报别人介绍的第38个对象?刘子奇自己还没印象呢。两年前,当刘子奇用玩笑的口气问郝拉拉,我们俩谈恋爱怎么样,郝拉拉很惊奇地看着他,问他是不是发烧了。之后,刘子奇就开始了漫长的相亲过程,一个又一个,他自己不记得,郝拉拉都记得呢。每见一个,刘子奇都会跟郝拉拉一起分析研究,但结论只有一个:不合适。

郝拉拉曾经问刘子奇烦不烦,刘子奇嘿嘿笑笑,不烦,一点儿也不烦。耗子,你别得意,将来你也会走上这条路的,除非你不嫁人。郝拉拉很意外地没有反击,只是摇摇头。

尽管走得很慢,但还是到了郝拉拉住的地方,她从背后拉过大包,一只手伸进去找钥匙。刘子奇摆摆手:我走了。郝拉拉还没找到钥匙,很不耐烦地挥挥手:走吧,走吧。

一个晚上就这样过去,一碗牛肉面,一段路,不到10句话。但他们知道,如果没有这些,这个周末就不圆满,这是两个人的需要。

几天过去,刘子奇又给郝拉拉打电话,说一起吃饭,有事要说。郝拉拉在电话里笑出了声:"见新对象了吧?"

郝拉拉猜对了,这是第40个。经过了千山万水之后,刘子奇终于累了,看谁都顺眼,看谁都觉得是可以结婚的对象,他不想再有第41个。

一碗牛肉面,两碟小菜,一瓶啤酒。刘子奇说:"我决定了。"

郝拉拉还要问第40个的具体情况,刘子奇打断了她:"别问了,问我也不会告诉你。不管怎么样,就是她了。"

郝拉拉用筷子当当当敲他的碗:"喂,你不能这样出卖自己。"

刘子奇埋下头,吞一口面:"我没有。"

郝拉拉不再说话,两人继续各自吃饭,但都吃得很慢。郝拉拉很意外地没有发出各种声响,吃得格外淑女。

这是他们吃得最漫长的一顿饭,但还是有吃完离去的时候。刘子奇依旧跟着郝拉拉,在街边慢慢地走,路上的行人和车辆匆匆而过,跟他们毫无关系。

郝拉拉突然转过身,瞪着眼问刘子奇:"你快乐吗?"

刘子奇一愣,没有回答。

郝拉拉又问了一句:"你快乐吗?"

刘子奇想了想说:"快乐就像一阵风,总在我不经意的时候悄悄来,又在我想抓住它的时候悄悄地走了。"

郝拉拉泪流满面,她转身拉过大包想去拍打刘子奇,手却软下来,包拍在自己腿上。

郝拉拉恶狠狠地说:"神经病。"也不知道是说刘子奇,还是说她自己。

爱情的滋味

乔 迁

他坐在我的对面,夕阳的光芒洒在我们的身上和脸上,也洒在我们脚下的棋盘上。我们刚下完一盘棋,棋盘上的棋子还有一多半,但胜负已分。他输了。这是我们认识并成为棋友以来从没有过的局面。我们每次下棋,每盘棋下完,棋盘上最多也就剩下五六个零星般散落的棋子。我们的棋艺不仅平凡、相当,而且都是拼杀型的。

今天这盘棋的结局出乎我的意料,他投子认输后,从他的脸上看不到以往输棋后不服气的表情,看到的是他心不在焉以至于目光飘忽不定的神情。他心里有事了。我敲敲棋盘,问他:"你心里有事了吧?"

他笑笑,回头望一眼街对面正在建设中的大楼,转回头来说了一句:"快盖完了。"他是那座正在建设的大楼工地上的一名建筑工,也是我们常常说到的从农村来到城市里打工的农民工。不过,他不像其他农村来的民工那样,低眉矮眼地走在城市里,对每一个城市人,甚至城市里的水泥建筑都心存畏惧,不敢接近,喜欢猫在民工群之中。他来到工地的第二天我们便认识了。那天我们一帮子人也在这马路边下棋,许多所谓的城里人,城里男人,都喜欢吃过晚饭后往马路边一蹲,下棋。他从对面的工地上过来了,一个人过来的,什么时候过来的没人注意,让人注意到他是因为他在我的身后支了一步棋,使我的棋起死回生。老话有旁观者清一说,但也有观棋不语之说,他说话了,跟我下棋的人厌恶地白了他一眼,竟丢下棋子起身走了。他一下子脸涨红了。其实这种马路边象棋谁还在乎多一两句嘴,跟我下棋的那人平常也不太在乎的,可今天他起身走了,就因为站在我身后的他多了一句嘴。我知道对手起身而去的原因,因为多嘴的是一个在建筑工地干活的民工,他在乎他是个民工。城里这样的人很多,而且许多人并不比农村人富

有,可就是觉得自己比农村人高出一等。他涨红着脸站在我的身后,有些不知所措。我有些过意不去,连忙招呼他:"来,杀一盘。"他犹豫了一下,便坐到了我的对面,感恩似的对我微微笑了笑。两盘棋下完,我们便成了棋友。

话可能说得远了些,我要说的是,虽然他不是太畏惧城市和城里人,但他毕竟是个从农村来的民工,而且是没有多少文化的民工,这是事实。我在今天也是在这一刻以前,始终认为一个农村来的民工除了干活吃饭睡觉以外,能下下棋已经是很了不起了。可我错了,我没想到他会有心事。而且,在我问过他后,他望着我,竟然问了我一个让我十分惊讶的问题,他问我说:"爱情是个啥滋味?"

如果不是面对面,谁能够相信一个民工会问出这样的话来?

他的问题把我难住了。我怎么回答呢?当然,我恋爱过,也结婚了,可我从来没有吧嗒吧嗒嘴认认真真地想过爱情是个啥滋味。我相信,大多数人都跟我一样,没吧嗒过嘴想过爱情是个啥滋味。

我只好把这个问题又抛回去,我说:"你也结婚了,你还不知道爱情是个啥滋味?"

他突然一笑,很腼腆的笑,说:"可我没谈过恋爱。"

我忍不住笑,说:"那你不会像赵本山小品里说的那样,结婚后再恋爱吗?"

他脸上的笑容一点点地收敛了,目光疑惑地望着我说:"你说,结婚后还咋谈恋爱?"

我被他又打了一棍子,我咋知道结婚后咋谈恋爱呢?恋爱应该是结婚以前的事情啊!谈恋爱才能产生爱情,有爱情才能有婚姻,这是公认的。他没谈恋爱就结婚了,那爱情呢?好像是没有的,如果有,他还会问吗?反过来看看我们,谈恋爱,找到爱情,结婚。可爱情是个啥滋味呢?甜蜜,幸福,好像没感觉到,即使有也是微弱的,近乎让人感触不到。

我只好诚恳地对他说:"我也说不清爱情是个啥滋味,虽然我是先恋爱后结婚的。"

他犹豫了一下,缓缓地从兜里掏出一封信,小心地从信封中把信纸抽出来,一点点地展开。展开信纸时,他的脸上又有了笑,是那种幸福的发自内心的笑。他把展开的信递给我说:"我知道爱情是个啥滋味。"

我不接他递过来的信,说:"你知道爱情是个啥滋味,它是个啥滋味?"

他把信往我面前又递了递说:"我说不出来,但我能感觉出来,我有感觉,是那种说不出来的感觉,那滋味让人感觉真好。"

我接过了信,信是他老婆让人给他捎来的。

信上竟然没有字,一个字也没有,只是用铅笔画了几个圈。我不解地望着他:"这是什么?"

他不好意思地笑笑,说:"我老婆不识字。"他指着信上画着的 0000+0 说:"这是 5 个馒头。"

"5 个馒头?"我问:"什么意思? 怎么四个圈还加一个圈呢?"

他说:"我在家一顿能吃 4 个馒头,她让我在这儿再多吃 1 个,干活累,别饿着。"

那一瞬间,我感觉到我的内心深处猛地汹涌出一股酸酸的东西,使我的眼睛发涩。我把信轻轻地叠好,心怀虔诚地把画有 5 个圈的信还到他的手里,我说:"爱情真是个好滋味,兄弟。"

夕阳的最后一抹红晕抹红了他的脸,他红色的脸上挂满了爱情的滋味。

根叶谣

符浩勇

二喜8岁时就跟娘去逃荒。路过黄家村时,娘病倒了,被一户人家接济。娘对她说,这方水土虽贫瘠些,但扎下根苗也会长出枝叶,留下当童养媳吧,或许能捡条活命。黄家老两口老来得子,取名祥生,刚满两岁,老两口图日后有个照应,就答应了娘。娘在黄家躺了半个月,病未见好就撒手走了。

黄家老两口把二喜当亲生闺女待,饿不着冻不着她柔弱的身子。二喜也勤快,把两岁的男孩当弟弟,抱在怀里,驮在背上,携在手里,贴在心上。祥生长到10岁,也懂得怜惜她。一回,娘让他去打火油,他偷偷给她买了一只蜻蜓发夹,回来说钱丢了,遭了爹一阵臭骂……二喜不敢戴那只蜻蜓发夹,她在溪边对着倒影梳妆时,祥生就掐边上的野花往她发鬓上插……

山里的水土养人,果然像娘说过的那样,根苗扎在贫瘠的地里,居然抽出了枝叶,人吃树叶也长肉,喝凉水也长劲。二喜长到20岁,身上的短蓝布褂遮不住青春气息,祥生这才不再跟她挤一个被窝睡了。那时,有支穷人的部队在邻村扎营,祥生去报名,竟然被收编了。黄家老两口这才想起办婚嫁的事。

离别前夜,二喜捧着祥生的脸说:"离开姐了,你出门在外可怎么过啊?"祥生忽然哭了:"姐,这辈子我不知道怎样报答你,我走后,你要孝敬爹娘,你要等我回来!"二喜说:"你说的什么话啊?把心放肚子里,你走了,姐的心也像蜻蜓一样跟着你走。"二喜说话的时候摸出了那只蜻蜓发夹。

祥生刚走一年,就给家里捎信,说部队打了胜仗,还特地对二喜说,他当了连队号手,就像姐小时候带他上山打柴,摘了嫩树叶编成哨儿,含在嘴里腮帮鼓鼓地吹……二喜不识字,听着念信的说,想着祥生顽皮的身影,眼里盈着泪光,心里却偷偷笑了。

三年后，部队有人探亲途经黄家村，带话说，祥生当警卫员了，嘱咐爹娘一定要多加保重身体。二喜忙问："什么是警卫员啊？"回答说："警卫员就是为首长挡子弹的。"二喜听了很焦急，千叮咛万嘱咐回家探亲的一定要带话给祥生："就说子弹不长眼睛，姐不能抽身去代替你，你……你自己一定要当心，你要死了我也不得活！"

到了第五年，刚开春，部队就来了人，是个警卫员，却不是祥生。警卫员说，首长很忙，很快就要转战了，抽不开身回来。哦，原来是祥生的警卫员。二喜几乎要跳起来了，心想弟弟你有出息了，终于有人为你挡子弹了。警卫员带来了黄家村人这辈子也没有见过的钱。二喜就想，只要弟弟把人留着给我就好。老两口已是风烛残年，行动不很灵便，对警卫员说，这家里多亏了媳妇二喜，像闺女一样孝顺，内外忙活累弯了腰杆。二喜听着忙把话："爹，娘，看你们说的，不能让祥生在部队分心啊……"说时，转身去伙房烧火。

警卫员掏出一封信，欲言又止，嗫嚅了一阵，才说，其实，这趟来，首长有话交代，他不能再耽搁二喜了，说让二喜不要再等他，他当个首长不容易……再说，首长与二喜的婚姻也不受法律保护……

老两口听着，气不打一处来，忽然大嚷："天杀的，良心喂狗了……这让我老黄家怎么对得住人家？没有二喜，我们这把老骨头早弃荒野了……"

二喜在伙房听得明白，她蹿出来，盯了警卫员半天，低下头去，忽地抱着老两口，跪了下去，说："爹，娘，祥生在部队有出息，我们该高兴。他一定有他的难处，我从小把他拉扯大，知道他心地好。或许他有什么过不去的坎，才那样做的。只要他好好活着，他还会回来的，我不还是你们的闺女吗？我这闺女从八岁就是你们拉扯大的呀……"

警卫员走前，对老两口深深鞠了一躬，说："您二老一定要保重身体，让二喜找个好人家……"

二喜连连摆手说："不，我不走，我一走，祥生就会落下骂名，世人就会咒骂他陈世美，他就会遭人戳脊梁骨。只要有一口气，我就不会离开……我娘说过，地再贫瘠，只要扎下根，就会长枝叶的。"

警卫员咬着唇，没听完二喜的话，他转身就跑，跑得比山风还快。但山风不知道，他哭了，更不知道祥生再也回不来了。

经典演绎

张玉玲

初相见时，彼此的感觉好得不得了。

小陌眯长眼睛，以最不经意的眼神瞟向那个方向，正好和李木投过来的目光撞了个满怀。小陌的眼神如受到惊吓般跳了一下。接下来，李木的目光像一张无形的网，避开周围的喧闹，在小陌身上纠结缠绕，然后李木绕过众人，悄无声息地走过来坐在小陌的身旁。两人都不必开口，只用沉默来彼此交流——这样的过程被定义为一见钟情，演绎成情感剧中的经典桥段，是屡试不爽的。小陌也不例外，和大多数阅历简单又自我感觉良好的女孩一样，渴望经典以她为主角在生活中重现。

影视剧中，情节要如何往下发展，观众是不必操心的，操心也没用。你只需备好可口的零食，找一个最舒服的姿势把自己安置好，耐心地盯着屏幕看下去就行了。生活却是不一样的，下一步要如何走，全凭自己的运筹帷幄，千万别指望会有一个导演一样的人物，来告诉你下一个情节要如何进行。

小陌有时候也会茫然地想，生活若真的能听凭一个导演的安排就好了。这样想的时候，小陌觉得自己有些像在推卸责任。小陌总是听妈妈讲起楼下邻居家喜怒无常的儿子，近三十岁的人了，只学会了两件事情——吃和玩。高兴了快乐了，就表现出对父母的千恩万谢；不顺心了，就会指着母亲咆哮，谁让你当初生下我的？你生我的时候怎么不问问我同意不同意？

小陌接到李木的电话时，心里闪过这样的影视场景：女人在接到男人的第一个电话时，总要矜持一下，或者干脆拒绝邀请，然后急切地等待着他的下一个电话。可是小陌的嘴却出卖了自己的思维。小陌听到自己对着话筒说："中午吗？好的……嗯，我知道那个地方，而且我喜欢那里的音乐，还有墙壁上的那些油画,那里让人有种坐在水乡的窗前,边与前朝的伶人聊天边品美味的美好感觉……"

接下来和李木交往的日子里,小陌就像一个不懂得构思的长篇小说作者,在电脑被打开的时候,只能即兴发挥,跟着情节的推动一步一步走下去。李木就是那个打开电脑的人。

李木让一切进展紧扣这个时代的快节奏步伐。不出半个月,该抱的时候他就抱了,该吻的时候他毫不迟疑地吻了。终于,在一个周末结束的时候李木说,下一个周末,咱们去杭州玩好吗?周五下班后走,周日下午回。怎么都是一样的?和那些情感剧中的男主角一样——得寸进尺。小陌脸红红的,点了一下头。

小陌从没有如此郑重地出行过,所以她的准备做得圆满而彻底。从周一开始,一有时间她忙着的就是逛街和购物。有时候什么也不买,但她就喜欢这种做准备的感觉。当小陌准备买下那个雪绒花的双肩包时,她突然发现自己的钱包不见了。

丢失的两张卡上是小陌全部的家当。银行的工作人员告诉小陌,卡要先挂失,再补办,最快一周后才能取到钱。好吧,那就一周后取吧。办好手续后小陌轻松地走出去。明天周五,今天得把一切搞定,不然来不及了。为了抚慰一下因丢钱包受伤的情感,小陌决定不在价钱上徘徊了,就买自己最喜欢的那个双肩包——它的定价比另外一个高两倍。然后,再额外补偿自己一件 Only 风衣。那件风衣小陌以前看过,当时因价格贵得有点离谱而没有决定买。小陌掏出手机——只要它不丢,这年头什么都好办——准备让妈妈来救援。正一下一下按着那些熟悉的数字时,小陌突然想起了《蜗居》中,海藻求助于宋思明的镜头,每一次,宋思明都会因那份执著到决绝的爱,把海藻俘虏得樯橹灰飞烟灭。

小陌脑子里突然跳出一个意外的念头。

小陌拨通了李木的手机说,我正在买东西,钱包丢了。片刻后李木说,你在哪里?

李木找到小陌,拿给她一个信封。不用看小陌就知道,那远远不够买下那件风衣。小陌突然有点不知所措,不知道自己究竟在做什么。那个信封在她的手中烫得她生疼。李木拥着小陌的肩柔声说,我刚刚得到通知,单位周末有情况,杭州的行程要推迟些日子。小陌说,正好,我也有事情去不了,正要跟你说。

　　小陌怎么会想到,当她模仿某个经典镜头,想明白些什么的时候,却一不小心让李木想起了另外的镜头,他有点儿糊涂了。

　　李木的身影消失后,小陌随手把那个信封放进了路旁一个乞讨者面前的盒子里,然后拨通了妈妈的手机。妈妈说,风衣你先试着,我马上过去。月月自己在房间学超人飞,从床上掉下来摔伤了鼻子,刚陪你姐从医院回来。月月是表姐不满三岁的女儿。

　　小陌郁郁地想,经典这玩意儿有时候是毒,某种情况下,它完全有谋杀生活的可能性。

车窗外的风景

张玉玲

是一列慢车。慢得让人心生绝望。

然而苏一末却在享受这份慢——必须以享受的姿态,她想。

苏一末想起李特在电话里说的那句话:"我只是,只是想知道被爱的感觉。"

自从看到彼此的那一刻起,确切地说,自从李特看到苏一末的那一刻起,李特和苏一末之间似乎就有了泾渭分明的界定:李特是爱,而苏一末,是被爱。在他们的生活里,这是众所周知的。

苏一末是个很安静的人,安静得有些过分,给人的感觉就成了冷。冷不要紧,要紧的是她还有那样一幅弱柳扶风的容貌,这样她就成了校园里的一道风景。大学四年,她无意间成了多少男生心中的林妹妹,恐怕只有女生宿舍楼前的那棵香樟树最清楚。

嫁给李特,于苏一末来说是必然的。不然就不应该了。在所有对苏一末有想法的男生中,李特是最执著的一个,他的执著从一开始就注定了他的志在必得。在这场恋爱中,李特是唯一的主角,而苏一末,只是他的道具。

毕业后,李特说我们留在 A 城吧,苏一末就听李特的话留在了 A 城。李特说五一结婚好吗?苏一末似乎想都没想就点头答应了,神色淡淡的,仿佛结婚仅仅只是李特一个人的事,与她苏一末无关。

李特的事业可谓一帆风顺,几年来,该有的都有了,但李特对苏一末却依然如故。每天回家,看到苏一末做家务,他就殷勤地接在手中,特别是寒冷的冬天,他从不让苏一末洗衣服,也不让苏一末洗碗。在李特大包大揽为苏一末奉献一切时,苏一末就安静地坐在沙发上看电视。连苏一末的妈妈都说,我们一末嫁给李特真是她的福气呀。李特回头去看苏一末,却看到她

047

淡淡的目光垂落下来,这样的淡漠让他想起大学时追她的情景,每次,无论他的爱多么滚烫,她都是淡淡的。

李特走了,作为子公司的经理被派驻到另一座城市。走之前的那个下午,李特坐在客厅里一支接着一支抽烟,烟雾弥漫在室内,仿佛是李特浓得化不开的情绪。苏一末安静地坐在沙发上看电视,其实她在等李特跟她说点什么,她知道他有话要说,以前出一次差两三天的时间,他都似有千言万语的不舍,何况这一去就是半年。

然而李特什么都没说,拉起行李箱,深深地拥抱苏一末片刻后就出了门。

李特离开后,苏一末安静地工作,生活,仿佛生活不曾发生过丝毫改变。

让苏一末始料不及的是,一个月后,她居然收到李特寄来的离婚协议书。接着他的电话就打了过来,声音温和如往昔,谈的却是离婚。苏一末鼓起勇气轻轻问:"为什么?"

"因为,我也想被爱,我想知道被爱的感觉。"

想被爱?这么多年来我不是一直在爱着你吗?可是苏一末说不出口,她不习惯。

李特还在电话里说着离婚的事,房子,钱,他什么都不带走,他净身出户,苏一末安静地听着,却感觉她的世界就要被他带走了,她坚不可摧的幸福正在分崩离析。李特说完后,似乎在等苏一末说话,可是苏一末什么也说不出来,她安静地流泪,电话另一端的李特看不到她的眼泪。一声叹息后,李特挂断了电话。

苏一末看着车窗外,她觉得秋色如绵长的风,抚过她的视线。

她动了动身子,心里感觉并不沉重。她知道李特不是真的要抛弃她,他只是想被爱,她还记得在校园里的那次,他拉着她的手说:"相信我,我会一辈子对你好。"

她当然相信。所以她一直安静地享受着他对她的好。可是直到现在她才明白,安静和沉默居然也能置爱情于死地。

车窗外是一望无际的稻田,这让苏一末没有办法知道自己到了哪里。心里有些焦急,她想尽快看到李特,她知道只要她出现了,问题就不是问题了,只要她稍有表示,就会给他和她都带来惊喜。

当然,一定是这样的。

车终于在夜幕中到达目的地,苏一末急切地在人群中寻找李特的身影,当知道她要来时,李特说来接她。她的心怦怦跳着,为她将要表达的一切不安,她还是不习惯。一点都不习惯。

终于看到李特了,可是同时,也看到了他身旁的她。他们的事情她略有耳闻,但她从来没有在意过,她没有想到他们竟然是一起来到这座城市的,此时,她手捧一束花,俨然是和他一起来迎接她的女主人。

心在那一瞬间冷成了冰,接着,听到一声声脆响。

苏一末微笑着,说:"我来……出差,顺便把离婚协议书给你带来……"

陶艺

张玉玲

　　木子是涂涂陶吧的老板,偶尔,我会把我的某段时光耗在他的陶吧里。木子常用一种让人感觉很久远的语气,在某个下午,在某一杯茶的氤氲气息里,向我讲述一个听起来很老的故事。

　　那天,木子的故事讲的是一个叫尤尤的失忆的女孩儿。

　　她原本是一个漫画作家,她爱着一个喜欢陶艺的叫杜达的男人。她常常陪着杜达来陶吧。每次来,她都静静地坐在旁边,看着他操作。她自己却从来没有动手做过一件陶艺。杜达是一个"土和火的艺术"天才,每一件陶艺在他的手里诞生时,都伴随着一种生命的震撼。奇怪的是他却不是一个专业的陶艺艺术家,他是一名外科医生。每天都要面对的血淋淋的外科手术,以及一个又一个无能为力的生命终结,常常会给他的灵魂带来摧残性的重负。陶艺是他用来释放所有重负的一种形式。只有让那些在他面前残缺或者逝去的生命经过他的手,在陶艺中完美地重生,他才能安慰地度过每一个夜晚,不然,黑暗会像无数的虫子,把他的睡眠啃噬得千疮百孔。

　　虹是唯一在他的手中不需要他用陶艺来呈现的完美。

　　虹被送到医院时,是一个面目全非的血人。她是被救护人员从一辆面目全非的高档轿车里扒拉出来的。据目击者说,那辆红色的轿车以飞跃的姿势,跨过黄河大桥的一处桥栏,划出一道无比优美的弧线,扑向了一处遗留在河岸上的断墙,那堵断墙在轿车的冲击力下轰然倒塌。伴随它的是来自桥上的一阵惊呼声,过后有人说,这绝对,比电影中的经典桥段还要经典。

　　手术室里,杜达先清理虹的头部。一点一点地清理掉血迹,他的面前出现了一个完整的头颅,完好的甚至连一点刮伤都没有。助手用医用剪刀去除了虹身上的衣物。接着再往下来,脖子,肩膀,胸,一直到脚趾。竟然,除了左手,她的身体再没有一点创伤。

他拿起她的左手,那里还在汩汩地冒着鲜红的血。他很细心地一样一样来,止血,接骨,缝针,包扎,这四个过程用去了他整整 2 个小时。

再接下来是一次又一次的换药。虹每次都安静地看着他,似乎她关注的不是她左手的那些手指还能不能恢复,而是他能不能完成对它的再造。这样的关注也许最终的实质是一样的——那就是她的左手会不会像从前一样完美。但具体的过程在微妙处却是不同的,她关注的是他的,而不是她的。

一个月后虹出院了。那只美丽的手上留下了一道很狰狞的疤痕,但看起来恢复得真不错,对于他来说,这已经是最好的结果。只能是这样了。

他依然在每天下班后带着尤尤去陶吧。他在尤尤的目光里做了一个美丽的蓝瓷花瓶,花瓶有着优美的曲线,光洁柔和的釉面。他把它送给尤尤,她欢天喜地地捧在手中,称赞它简直太完美了。之前他也曾经做过一个手的陶艺,做得异常精致,可惜的是,在烧制的过程中,它却报废了。这让他再次想起那道很狰狞的细细的疤痕,手术刀,是永远不能再造完美的。

然而有一天,在他的办公室里,他看到了虹。她把她的左手伸给他看时,他惊呆了——那上面的皮肤光洁细腻,竟然找不到手术刀留下的丝毫痕迹。虹笑着说:"谢谢你,你的手术刀竟然可以再造完美。"他捧着那只手,想到的却是在他面前优美地旋转的陶艺。

从此后,那只完美的手就像一块磁石,他不可自拔地迷失在强磁场中,以致他丝毫没有注意到尤尤黯然的眼神。在他一次次带着虹一起去做陶艺的那些日子里,尤尤抱着那个花瓶,画了一屋子的油画,那些油画里全是各种各样的陶艺。终于,尤尤和她的花瓶倒在了一阵刺耳的刹车声里。

花瓶和尤尤的记忆同时碎了。从黑暗中醒来的尤尤不知道自己是谁。不知道杜达是谁。甚至不知道那一屋子奇奇怪怪的油画是怎么回事。但让人不可思议的是,她那么痴迷于陶艺。她每天都跑到陶吧,很投入地捏着泥巴,杜达就陪在她的身边。可是她真的想不起来他是谁。怎么都想不起来。

后来杜达在老城区开了一间陶吧,每天看着尤尤在他的目光里做陶艺,而他自己,却再也做不出一件陶艺。

因为,没有什么可以把一段破碎的记忆完美地呈现。

这时候,木子不经意把目光投向了一扇窗。窗前,一个女孩儿坐在淡淡的光线里,很投入地捏着手里的泥巴。她看起来宁静得就像这里的时光。

　　再看木子,他已经转身忙他的去了,故事就这样戛然而止。我被轻轻地抛回现实。我意犹未尽地看着木子,难道,他曾经是个外科医生?

　　可是,怎么会呢?

月亮桌

袁省梅

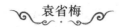

　　她望了一眼灰白蒙蒙的窗户,眼瞅见一股风呼啸着从窗缝里挤了进来,像一只钩子,直直地奔向她,轻轻的一下,就掘走了她的半个魂魄。剩下的半个单薄弱小,却紧紧绕着靠炕墙抵着的炕桌,死死缠绕,不肯离去。

　　她知道自己快不行了,不是今天就是明天。命在骨头缝里,自己最清楚。她只是不甘心,从被子里伸出干枯的手摸着炕桌,抖得像枯枝上挑的一片干树叶子,梆梆地敲打着炕墙的半张桌子,哭诉,半张桌子圈了我一辈子啊……

　　半张桌子是男人走时留下的。他们结婚才三天,男人就走了。男人说,挖煤背炭挣钱多,挣下了,给你盖三间大北厦。两张半圆形桌子,他把一张劈成了柴,塞到了炉子里,剩下的半张靠在炕墙上,给她留下。男人对她说,等我回来,给你一张圆桌。她看着半张桌子心说,他这是给外人警示也是给她警示哩。

　　从此,不到天黑,她的门就关了。不到天亮,她的门是不开的。她就靠在那半张桌子上吃饭,做针线。没事时,她把自己倚在那半张桌子上,掰着手指头算男人走了三月五月了,一年两年了……算来算去,日子轰隆隆风吹着般过去,十个手指头都不够用了,她的一张浅粉月白的脸映在桌子上也成了黄亮暗灰的了,他还没回来。

　　男人的二叔却来了。一个晚上,二叔拨开她的门,从身后一下抱住她,头抵在她的脖子上,呼呼地喘粗气。她抓起桌上纳鞋底的锥子,倏地刺了过去,哭着斥骂二叔猪狗不如:"你还是叔哩,不哀怜我守你侄子苦焦,还来欺负我?"二叔手一松气哼哼地说:"守你个脸啊守,你跟张更更的事别人不知道,我可都清楚哩。"她举着锥子哭骂:"我跟张更更有啥事?我跟张更更有

啥事?"二叔噎了下脖子,骂她克星:"哪个敢娶你?只有我这镢头硬,能垦了你的地。"她扔下锥子,顺手操起了镢头,嚷:"你敢把你的镢头露出来,我就能用这镢头掘下你的头。"

二叔骂骂咧咧走了,她却瘫在地上呜呜地哭了半宿。

隔墙的张更更听见了,翻墙过来,二叔早跑没影了。没有月,张更更也能看见她满脸的泪,帮她抹一把,抓握着她的手说:"挖煤背炭的,死人是常事,等他半辈子了,也对得起他了,再嫁一家,也不这样受人欺负。"

她摇摇头说:"他给了我半张桌子,让我等他哩,他是为了我出去受苦卖命去了,我咋能拍屁股走了呢?"顿一顿,揉捏着张更更的手,怅怅地说,这辈子就是对不住你。张更更家穷,没有媳妇老小,看她一个女人家,手上没有二两力气,帮她搭个手,又怕人看见说闲话,总是趁着早起或者黑夜悄悄地帮她挑水劈柴、翻地种麦、收秋打夏。

张更更黑沉暗暗地叹着气,人活一辈子就是活个舒心。瞅着你高兴,我心里也爽快,你难过了,我就揪心哩。又劝她,要是不嫁人,抱养个娃娃,热热闹闹的算是个伴儿。

她目光热热地望着张更更,这辈子有你惦记,我死了也不冤枉。倒是你,有了合适的女人,就娶了。

张更更瞅着她,笑得跟苦瓜一样,心里有你哩,我这日子就不觉得苦焦。

月亮不知什么时候出来了,月牙儿浅白淡黄的,笼下一世界的朦胧。张更更说:"你看人家月亮还有个初一十五,还有个月牙月圆哩,你这日子,就只是个初一不见十五啊。"张更更叮嘱她关好门,转身要走时,她说要是不怕她这个克星,就在这边歇一宿。张更更的心忽嗵跳了一下,一下子柱子般站住,却说:"别听人瞎说,你是个好女人,我就是不想让你受屈。我知道,你心里还有他哩,我愿陪着你等他。"

她脸上一下子就汪洋一片。

她到底熬不过日子,没有等上她的半张桌子变成圆桌,岁月深处青白铁灰的风就掘走了她脸上的黄亮,掘走了她半个魂魄。她吩咐张更更,死了,让半张桌子陪着我。

张更更点了头,却没有把桌子放在她的墓穴,而是放了一张圆桌,同时放进去的还有一个小小的棺材,棺材里放了一套男人的寿衣,黑绸子蓝缎子上贴着一张白纸条,纸条上写了一个名字:张堆堆。是那个给了她半张桌子让她等了一辈子的男人的名字。

张更更苦巴巴地说,活人时不圆满,死了,你也该有个圆满。

好多年以后,没人记得她。倒是那半张桌子,人都称为"月亮桌",还完好如初,被人放到了一处景点的旧宅子里。游人摸着月亮桌,都惊讶月亮桌的沁凉。人们不知道,那凉是她用一生的泪水浸泡的。

暗香

袁省梅

王丽和陆风都在老赵家饭店打工。王丽是服务员,陆风是厨师。客人点了菜,王丽就记在本本上,撕下,从一个很小的窗户口喊了陆风,递过去。

那个窗户真是小。王丽喜欢这个小小的窗户。从小窗户给陆风递菜单,从陆风手里接过菜,王丽觉得又神秘,又好玩,说小窗户口跟个洞口一样。老赵问她那是陆风在洞里?还是你在洞里?王丽就咯咯笑着不说话了。

没有客人时,王丽站在小窗户口的这边,陆风趴在小窗户口的那边,扯闲话,有一搭没一搭,东一句西一句。有时,王丽不说话,陆风也不说话。他们,就静默着。

王丽喜欢陆风。

她喜欢陆风在厨房里砰砰啪啪干活的样子,喜欢陆风透亮、爽朗的笑声。王丽还喜欢陆风的牙齿。陆风的牙齿怎么好呢?也没什么特别的,可那白釉般的光把王丽的眼神闪得一跳一跳的。有一天,陆风从小窗户口给王丽递菜时,王丽发现了陆风左手腕上有个指头大小的肉球,深红,光溜。王丽喜欢这个肉乎乎的疙瘩。端菜时,总要用眼睛把那疙瘩抚了又抚。

陆风喜欢她吗?王丽不知道。好像陆风并没有把她放在心上。有一次,王丽听见陆风对着手机笑得春风荡漾。她想电话里肯定是个女孩子。她就悄悄地掉下几滴泪,可心里,还是喜欢着陆风。

清明节前,陆风说要回家上坟,跟老赵请假。王丽听见了,就悄悄地买来金纸银纸,是那种裁好的小方块纸,专门让人叠了"金元宝""银元宝",给过世的亲人焚烧。

王丽把金纸银纸揣在围裙的兜里,一有空就靠在小窗户边,跟陆风说着话,叠着"金元宝""银元宝"。等到陆风要回家时,她已叠了好多,都给了陆风。

陆风举起满满一包"金元宝""银元宝",眼睛一瞪,旋即,就嘎嘎笑着,也没说什么,在王丽的头上轻轻摸了一下,就走了。

陆风不在店里的日子,王丽一直想着他。王丽站在小窗户口,想陆风干活的样子,说话微笑的样子,想陆风手腕上的那个圆溜溜的肉疙瘩……想到陆风在她头上摸那一下时,王丽觉得头顶陆风摸过的地方痒痒的,头发好像飞起来般飘动。她就把手放在那个地方,放了好久。王丽慢慢地想着,一点一点地咂摸,好像想快了就没了似的。

王丽说,原来惦念一个人,是这么好。

陆风回来时,王丽看见了。王丽站在饭店门口,一直看着陆风从远处一晃一晃走了过来。等到陆风进了厨房,王丽欢喜得又倚在小窗户口边了。

可是,很快,王丽觉出了陆风的不高兴。炒好的菜放在窗户口,一句话也没有。一天,都没有说一句话。

那天晚上,饭店要关门时,王丽敲敲小窗户口叫陆风下班。王丽每天晚上都要等陆风出来,看看他,跟他说上一两句话才走。王丽是想要带着陆风的神态睡觉。

厨房那边没人答应她。

王丽就再敲,还是没有声音。她心一慌,就跑到了厨房。

陆风在喝酒。没有菜,一杯一杯地灌。

王丽站到陆风的背后,足足看了他三分钟,才问,咋了啊你?

陆风不理她,仰脖又是一杯。

王丽还是站在陆风背后,说:"别喝闷酒,伤身……"王丽是不想看到陆风伤心的模样。

陆风瞪着红胀的眼睛,为啥? 为啥她不喜欢我?

王丽柱子般僵住了,似乎不知道手往哪儿放脚又该怎么站了。

陆风咕咚又是一杯,指着空酒瓶子说:"你知道不? 这世上什么都可以没有,独独的不能没有爱情。"

陆风的眼泪淌了满脸,王丽的眼泪也清凉凉地流了两行。王丽把手放在陆风的肩上,轻轻地捏一下,又捏一下,流着泪,不说话。说什么呢? 王丽觉得心里苦死了。

陆风猛然转身扑在王丽身上,呜呜地哭。

王丽先是一惊，胶着了般不能动弹，可是，她分明觉出了内心柔软得要命。她轻轻地抱住了陆风。

陆风哭着问为啥为啥？

王丽拍着他的背轻轻地说没事，睡一觉，睡起来就好了。

王丽把陆风挽到厨房旁的小屋子，陆风的宿舍，把陆风安顿到床上，盖好被子转身要走时，看见了陆风左手腕上那颗肉疙瘩。她伸出一个手指头，在那颗肉疙瘩上轻轻地摸了一下，抬眼看陆风时，陆风已经睡着了。王丽就在那个肉疙瘩上又摸了一下，看着陆风睡觉的样子，她说，睡觉的样子也是这样好看。她就低下头，在陆风的脸颊上亲了一下。

王丽站在陆风的床边，看了好一会儿，才走出去。

这是一个温暖的春夜，王丽默默地朝家走去，内心又悲哀又欢喜。

捡脚印

袁省梅

夕阳将羊凹岭涂抹出一片红亮的温暖时,保斤从集上买了匹红马嘚儿嘚儿骑着回来了。

傍黑时,儿子从焦化厂下班回来了,儿媳也从麻将场上回来了。保斤圪蹴在檐下吃烟,看见进门还喜眉笑眼的儿子儿媳像是被马踢了一下,眼光惊得跳了起来,脸色像一盏灯熄了,忽地笼下一片黑暗。

他们都是看见了院子南墙下突突地喷着响鼻甩着尾巴的马。

儿媳咕哝着,老不正经。儿子用眼睛剜了她一下,媳妇扁扁嘴,还在不满地咕哝。保斤装没听见,自顾吃烟,不理他们。

一会儿,儿子端了饭过来,叫保斤吃饭,下巴点着马说:"人家都买电动车摩托车,你咋买个马?"

保斤不想吃,让儿子把饭端走,说:"我就想买个马骑骑。"

儿子再没吭气,劝保斤多少吃点,说吃了饭好喝药。

保斤这才吃了两口饭,把药吃了。

第二天一早,天蒙蒙亮,保斤就骑着马往下牛村去。

田野里,黄的土地,绿的麦苗,黑铁般的柿子树,细脚伶仃的椿树……掩在薄的晨雾里,祥和,安静,画儿般好看。保斤骑在马上,突然觉得眼前的一切是这么好,张开嘴吼时,就吼出了"真的还想再活五百年",可笑得他在马背上险些笑歪了身子。再唱时,就唱起了小曲儿:走一村过一村,羊凹岭有个好女人……

保斤想起了漂亮,把马吆喝得嗒嗒嗒嗒碎步跑了起来。

保斤与漂亮是半路夫妻。虽然俩人没有生育儿女,可在一起过了三十三年。前几天,漂亮查出得了癌症,漂亮前夫的儿子打发人接走了漂亮,说

还是在那边养病好。保斤和漂亮知道,漂亮的儿子是担心漂亮死了,埋到保斤地里,他爸成了孤坟。

漂亮只好回去了。

保斤不舍地对漂亮说:"你要好好的,为我,你也要好好的。买了马,我就去看你。"

保斤心想,三十三年的日子,可不是三天两天啊,要是像眼前这树木,三十三年该长到一起该连着骨头连着肉了吧。可她根不在我身边,她死后得埋到她前夫的身边。这是结婚时就约定好的。保斤没办法拦下漂亮。

谁知到了下牛村漂亮家门前,大门关得严严实实,保斤拍了半天,院里也没动静。

保斤蹲在门边,默默地吃着烟,看着身边的红马,想漂亮要是看见他骑了马来看她,又要抹着眼泪嗔怪他乱花钱吧?他就说,这算什么乱花钱,以前说好的,有钱了,买匹马,她骑着,他牵着,赶集,走亲戚。漂亮这下肯定没话说了,肯定听他的话骑到马背上。保斤知道,他们虽然过了大半辈子,可毕竟是半路夫妻,他没有骑着红马迎娶她,一直是漂亮的心结。他们那时候结婚都是骑马迎娶。

眼看着日头走过了头顶,斜到西边山头了,漂亮家的门还是紧紧地关着,院里没有动静,也不见有人回来。保斤觉得奇怪,病了的漂亮能到哪儿去?当想着可能是漂亮的儿子不让他见漂亮时,保斤的手就颤抖得烟都夹不住了,焦黄的脸上倏地暗下一层黑,默默地牵了马,蔫蔫地向来路走去。没走几步,保斤又骂自己蠢得跟马尾巴一样跟马蹄子一样,咋就不问问邻居漂亮家的电话号码?他好给漂亮打电话,给漂亮的儿子打电话,让他见漂亮一面。他们都是过了今天没明天的人了,都是命踩在鞋壳子里,今晚脱下明天还不知能不能穿上的人了。漂亮还不知道,保斤也查出了病。

第二天,保斤还想再去漂亮家,儿子儿媳不让他去。儿子说,巷里人都在笑话哩,说的话难听得我都羞哩。不怪别人说,爸你都这么大岁数了,还病着,咋还离不了她?保斤愣了愣,一口唾沫就吐到了儿子的脸上,愤愤地说,旁人说啥我管不了,你也说?你三岁时妈就死了,不是你姨把你养大给你娶媳妇你能有今天吗?你还有没有良心?

不管保斤怎么说,儿子就是不让他去。没几天,保斤就躺炕上起不来了。儿子趴他脸上问他有什么话交代,保斤叫儿子把马送漂亮家去,吩咐儿子不要告诉漂亮他不行了。他不想再给她添一丝的牵挂和疼痛。保斤心说,活着是见不到你了,等我死了吧,死了做鬼捡拾脚印时,就能看看你了。保斤相信那个传说——人死了,鬼魂要重新走一遍生前走过的路,把生前留下的脚印捡拾起来,高山平地,车里船上,都要捡拾干净。保斤庆幸他总算是到过漂亮家了,把脚印留到漂亮家门前了。

保斤死后,他儿子没有把马送给漂亮,他说他爸一辈子挣的钱都让那女人给花了,再送她一匹马?他把马卖了。

我们不谈爱情

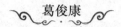

葛俊康

那是一个秋日的下午,因为爱情的挫折,我去了大姑的家里。

大姑住在离我家不远的学校。大姑年轻时是我们家族中最漂亮的女孩。因为漂亮,大姑的心就特别的高傲。听父亲说,大姑刚参加工作的时候,追大姑的男孩排成了长队,有事无事都爱往大姑上课的学校跑,但大姑却一直不为所动。父亲又说,大姑那时心里肯定早就有人,只是大姑没有说出来而已。

出乎大家的意料,后来,大姑却嫁给了她们学校的一位老师。那位老师长得一点都不帅气。父亲说,第一眼看见那位老师时,谁都认为大姑的婚姻生活不会长久。但后来的事实证明,大家的猜测全都错了。大姑的婚姻不但坚不可摧,而且还是我们家族中最最幸福的。在我的印象中,我从没有看见过大姑和大姑父红过脸、吵过嘴,更别说动手打架的事了。每次去大姑家里,看见他们不管干任何事都是相敬如宾、相亲相爱的样子,我就从心里羡慕大姑,羡慕她找到了真正的爱情,心里就想找大姑谈谈,谈谈她的爱情。但每次我一提到爱情,大姑却总是笑笑,有意无意地把话题岔开,对自己的感情生活闭口不提。

那天,走进大姑院子的时候,我看见大姑和大姑父正坐在院子里的女贞树下,沐着秋日的暖阳,品着香茗。大姑端起面前的茶杯,吹了吹上面飘浮的茶叶,轻轻地喝了一小口,然后放下茶杯,看着面前的女贞树,神态安详,一脸的幸福。大姑刚一放下杯子,大姑父就提起水瓶续上。我上前问好后,大姑父呵呵笑着就起身去了里屋。一会儿,大姑父把一杯泡得好好的龙都香茗端到了我的面前。然后,大姑父又去了里屋。

我坐在那里,看着大姑那一脸的幸福,心里一下就想到了自己的爱情。

喝了一口茶，我把前段时间恋爱上遇到的麻烦讲给了大姑听。

我对大姑说："前段时间，我在厂里耍了一个男朋友，并且深陷其中不能自拔，但我的选择遭到了全家的反对，家里人都说那男孩是个花花公子，一无是处，让我认真考虑，不要让帅气和金钱蒙住了眼睛。"

大姑静静地坐在那里。

我又对大姑说："现在，我站在爱情的十字路口，不知咋办。"我就想听听她的意见，得到她的支持，因为在我的心目中，我认为她是比较开明的，应该能够理解我们真正的爱情。

此时，一阵微风吹来，树上的黄叶像蝴蝶一样在我们身边飞舞。我顺着大姑的眼神，看着院里的老树，落入眼帘的，满目皆是老干枯藤的褐色。

过了一会儿，大姑回过头，看了我一眼，问我："你说大姑的婚姻如何？"

我说："不错！我们都羡慕着呢！"

大姑摇摇头，抬头面对着树上飞翔的一对小鸟，说："我不同意你的观点。"

听完大姑这一句，我的心里猛地震了一下。我不知大姑为啥不同意。大姑可是最懂爱情的人。我望着大姑，希望大姑说出理由，释去我心中的块垒。

大姑叹了一口气，继续说：

"其实，我们每个人到谈婚论嫁这一步，都必须冷静地看看对方的人品、才貌、性格及家庭背景。家庭必须是有文化的，性格要温和，要会体贴人，要有良心。在以上条件具备的情况下，再看你们两人是否相处得合宜。合宜就是最好的了。"

我红着脸说："那么爱情呢？"

大姑说："傻孩子，我们今天说的是婚姻，我们不谈爱情。"

我抬头看着大姑，一脸的茫然。

母亲的爱情

葛俊康

父亲去世那天，母亲扑在父亲的身上哭得死去活来。

母亲是在 25 岁那年才嫁给父亲的。父亲是农民，而母亲是村里小学的教师。母亲不但把书教得风生水起，还是整个村里最漂亮的姑娘。那时，谁也没想到他们会走到一起。结婚前，父亲很少进入过母亲的视线。那时母亲的眼里只有村里的大柱。

大柱是母亲的同学，从小学一直到高中。村里还有一个同学叫玉娟。他们三个经常在一起聚会、聊天。不久，母亲和大柱就爱得死去活来。但忽然有一天，母亲敲开大柱家的门时，大柱和玉娟顶着乱蓬蓬的头发，来到了母亲的面前。玉娟紧紧地挽着大柱，脸上的红晕还没有完全褪尽。母亲抬头看着他们。他们的嘴唇肿了一样，红红的。他们的眼睛里，有种动物样的粗野。见到母亲，大柱低下头，玉娟却无所顾忌地盯着母亲。玉娟说："蓉蓉，实在是对不起……我不想这么做，可是没办法，我也爱大柱。"

当时，玉娟的话，似一颗重磅炸弹，让母亲刹那间血肉横飞。母亲傻呆呆地立在那里。时间静止了一般。母亲终于抬起了手。母亲看着大柱和玉娟，一脸的愤怒和鄙视。母亲忘了是在大柱的家里，母亲用手往外一指，冷冷地说了一句："你们，你们马上跟我滚，滚得越远越好！消失！消失！立马消失！"说完，母亲蹲在地上，肩膀一抽一抽地哭泣。

那天晚上，父亲从村前的小河里救起了母亲。

母亲和父亲结婚那天正是元宵节，新年的喜气还没有完全散去。那天，母亲显得特别低调，没有像那些乡下女孩子，又吹又打披红挂绿。但母亲还是打扮得漂漂亮亮的，走在村子里，人们都说母亲简直就是电影里的空姐。在迎亲的路上，母亲的目光相当专注，好像前边有磁石的吸引。母亲的腰身相当挺拔，好像河岸雨后的白杨。母亲走到哪里，哪里就能听到一片啧啧的赞美。

母亲就这样平静地走进了父亲的家里。

结婚后，父亲以自己的方式，把母亲捧在了手心，时时处处呵护、照顾着母亲。父亲的学历不高，又是农民，谈不上英俊潇洒，家庭也不富裕。但每到吃饭的时间，父亲总是早早地做好母亲喜欢的饭菜在家中等候。一遇天气变化，放学后，母亲总会在学校门口看见父亲。父亲把母亲接回家后，给母亲泡上茶，自己又开始了忙碌。那段时间，母亲在家里唯一的事情就是泡咸菜。父亲每次吃着母亲泡的咸菜，总不忘夸奖一番：我老葛的媳妇就是行，不但书教得好，泡咸菜的手艺也不错。

因为家穷，父亲深知赚钱不易，花几毛钱也是掰着手指头计算，但每月总要拿出一两百元钱交给母亲，说："媳妇，去买件漂亮点的衣服。"那时，母亲的心里真有一种说不出的甜蜜。

一晃，元宵节的灯笼又晃悠悠地挂在了眼前。结婚一年后，母亲的脸上慢慢地又有了久违的笑容。母亲觉得，被一个人真心实意地爱着也是一种幸福！从此，母亲见人时，又是满脸溢笑。

但母亲哪会知道，厄运却一直在她的头顶盘旋。

几年后，在一个阴风惨惨的雨天，父亲再一次跳进河里救人的时候，却被上帝招去做了书童。

母亲得知父亲去世的消息后，跌跌撞撞地从学校马上就赶回了家中。看着门板上父亲的尸体，母亲全然没有了教师的形象，一下就扑倒在了父亲的身上。

母亲从此没有再嫁。一晃，十多年的时光，就犹如那装在盒子里的蝴蝶，刚一打开，一下就扑棱棱地飞走了。在这十多年里，我多次看见母亲独自一人偷偷地哭泣。我不知道母亲的心中是想着父亲还是其他。

一天，我问母亲，问她对自己婚姻的感受。

母亲说："很好。"

我说："真的很好？"

母亲说："真的很好。有什么不好吗？"

我说："没啥遗憾？"

母亲无语，好半天，母亲才说："天下的精彩哪能都给了你，老天爷右手给你一块金子，左手就会剜去你一块肉！"

我抱着母亲，眼睛湿润了。

爱情誓言

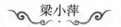

梁小萍

　　他叫田,山东神泉村人,她叫竹,江苏小河埃村人。两个村庄虽然一个山东一个江苏,可是仅仅相隔几百米。

　　田是个孤儿,自小要饭到了小河埃村,在地主家做了帮工。地主家不远就是竹的家,竹很小就认识了田,这位田大哥闲时常带着年幼的竹去清水河边的竹林捕捉小鸟玩。

　　那年田参军走时18岁,竹9岁。田新中国成立后再次回到家乡时27岁,竹18岁。

　　田是回家乡找媳妇的,虽然多年在外征战,当了军官有了稳定的居所,可是田还是希望找一个家乡媳妇,等到老的时候也好叶落归根有个归宿。田回家乡不是为了竹,这是肯定的,因为在田的记忆里,自己没有思慕的姑娘,毕竟离开家乡多年,多多少少淡忘了。这些年竹也没有想过田,这也是肯定的,因为那时候竹还小,小到没有什么念头,但是缘分到的时候,一切都好像是前缘注定的,也就有了两小无猜、青梅竹马之说。

　　两人今日一见便悄然萌生出了许多情愫,往事如丝如缕又一次飘回到了记忆长廊,于是田和竹没有媒妁之言,一见倾情结成姻缘。结婚后,竹随着田离开了家乡到了部队。两人相亲相爱,生了3个孩子,一家人其乐融融。可是在一次执行任务中,田不幸牺牲了,留下了悲戚的竹和孩子们。

　　他叫山,他和田曾是战场上的生死战友,多年的战争让他失去了妻子,历经沧桑的他与3个孩子相依相伴。

　　山憨厚,竹贤淑,生活的磨难让他们彼此心生怜惜和关心,于是山和竹走到了一起。6个孩子又有了爸爸妈妈,日子虽然烦琐和凌乱,却是一个完整的家。不久后,这个大家庭又出生了一个孩子,这个孩子叫小主。小主出生时,山对竹说:"这是一个幸福的孩子。"竹点点头,竹明白山的意思,这个孩子父母双全,父母双全在这个特殊的家庭里就是最幸福的事情了。

小主一天天长大了,可是小主心里一直觉得自己的出生是一个错误。

如果一个孩子不是爱情的结晶,而是一个家庭维系的纽带,那么这样子出生的孩子就是一种被出生,小主认为自己就是一个被出生的孩子。

也难怪小主会这么想,因为小主出生在如此一个大家庭里,这个大家庭的孩子从小就要接受一个现实,那就是要面对众多的血缘关系,微妙的关系让彼此的交流多了一点隔阂,对话的言语多了一点小心翼翼,除此还要面对来自外人对此的好奇和不同言论,从而让人心力疲惫。

6岁,小主就懂事了。小主说6岁懂事,是说6岁时她就明白了自己大家庭的各种关系,她有几个同父异母的哥姐,还有几个同母异父的哥姐,长大的小主总是说自己的童年永远定格在了6岁,美好的童年仅仅到6岁就结束了。随着年龄的增长,小主渐渐走进爸爸妈妈的过去,了解这个大家庭前前后后的一切原委后,小主心里还是坚持认为爸爸妈妈的结合不是爱情,只是为了孩子或者生活的一种行为方式。

风风雨雨几十年,山和竹一直和睦相处,含辛茹苦把7个孩子抚养长大,并且成家立业,各自都有了幸福的小家庭。终于有一天山老了,山累了,山倒了。

山走后,竹把山埋在了田的身边。竹说:"你们两个老战友做个伴吧。"

自从山走后,竹明显老了,话也越来越絮叨,老话常提却也新鲜,道出了许多不为儿孙相知的话题。这个叫竹的老太太有意思,她有时会同时想念两个男人,细诉往事,情意绵绵。这个大家庭的儿孙们似乎从小就习惯了这种复杂的关系,没有什么避讳。听多了老太太喃喃的情话,大家都开玩笑,说她最花心,居然两个男人同时想,到底有没有爱情啊?哪个是真哪个是假?

竹听了没有责怪,反而呵呵笑,乐得老泪都出来了,而后突然收起笑容,一本正经地说:"都是真的,他们都对我保证过,他们都是真正的男人,从不撒谎,更不会欺骗,所以我不偏不向。"

儿孙们说:"不可能,爱情都是自私的,怎么可能同时拥有呢?"

老迈的竹眼神温柔,话语悠悠地说:"田年轻时对我说,我的田地边有你一簇竹;山年老时对我说,我的青山上有你一片竹。这都是他们这辈子对我说过的话,我记了一辈子啊!"

　　小主一旁听了,眼睛忍不住涩涩的,她没想到那么硬朗的两个男人会说出如此柔情的话语,她觉得这是她听到的人世间最美丽的爱情誓言,她知道自己真的是最幸福的孩子。

吴二爷和周小奶的爱情方式

衣 袂

周小奶赫赫有名，吴二爷功不可没。

那时的吴二还不能叫爷，也不再是走南闯北的挑脚匠，他只是个死了婆娘的鳏夫条子，既当爹又当妈还得伺候驼背老母，常累得屁股碰着炕沿就能睡死。那夜却饿醒了，肚子咕噜咕噜地闹，搅得人心烦，吴二索性起身，上山去砍柴。当他挑着两担柴赶到县城，几十里外的老鸹岭才透蒙蒙亮呢。

吴二把柴码放在三岔道旁，远远看去就像两座大山。他的柴又干又足秤，所以他不用苦巴巴地蹲在柴边摆开笑脸招徕买主。大清早的，6月的县城却又闷又热，吴二就溜达到风口纳凉，还惬意地双手叉腰，举目遥望，对襟小白褂迎风摇摆，让他中看得不成体统。

街对面打扫庭院的周家姑娘名叫秀英，此刻就飞了丹凤眼，任凭朝霞把苹果脸涂抹得通红。

吴二常进城卖柴，秀英常站在当院相看。时间久了，彼此就看出点意思。周家乃城关殷实人家，怎舍得把自家花朵般的大姑娘嫁到穷山沟里当填房？就急忙给秀英许配婆家并匆匆定下婚期。那秀英也不是省油的灯，一咬牙，索性抛家别舍，随吴二私奔老鸹岭。

老鸹岭山高路陡，秀英走得艰难。吴二就在路边借了对箩筐，一边装着石头，一边坐着秀英，美滋滋地挑回了家。

世上居然还有这种好事！秀英的出现，不啻一颗炸弹，把二十世纪五十年代的老鸹岭炸得沸沸腾腾。人都说吴二走了桃花运，不，简直是走了狗屎运啊。

秀英还有模有样，有说有笑，就像年画上的人儿一样白净，馋坏了十里八村的口舌，就连那漫山遍野的枫叶都嫉妒得红了眼。

就有人不停地起哄,说:"吴二你别饱汉不知饿汉饥,快说说城里女人是啥滋味?"

吴二不说。被逼问得急了紧了,才吞吞吐吐,也没什么不同,就是……奶子小点。

周小奶一夜出名。

秀英羞恼得直哭,吴二就嬉皮笑脸地哄,哄着哄着,一双儿女相继来到人世。再加上前妻生的两个女儿,吴二的负担越来越重,但他该干啥就干啥,忙时种田锄地,闲时卖柴补贴家用,抽空还跟周小奶逗上几句,乐呵得不行。

世间居然还有这样的爱情方式,那些下放到老鸹岭的知青也喜欢听周小奶的故事,所以常来她家玩耍。兴许都是城里人,处得时间久了,知青就把她当成娘家人。里面有个小娟姑娘,长得分外水灵,某天忽然扑进周小奶怀里哭泣不止。

吴二知道详情后,就想了个办法。

知青点夜里又有人敲门。小娟拉开了门闩。煤油灯很暗,当队长抱过小娟想狂啃时才发现怀里的美人居然是周小奶,就厉声喝问她怎么会在这里,怎么会穿着小娟的衣服。吴二却闻讯而来,气冲冲地抄起锄头就砸在队长腿上。临走吴二还指着队长的鼻子怒骂,再发现你不守规矩,当心老子砸你另一条狗腿下酒。

队长腿瘸后暂时规矩起来,却在农业学大寨时进行报复。他先摊派吴二去几十里外的大塘挖泥,然后再让周小奶去挑猪粪,还趁人不备使绊子让她摔下几米高的田坎。

那时的医疗条件落后,抢救过来的周小奶落得半身不遂。

吴二就在箩筐里垫上被褥,把周小奶放进去。而另一只箩筐里,则放着周小奶的等日用品。

这对箩筐,吴二走到哪里,就会挑到哪里。

也就在这个时候,吴二开始变成吴二爷,终于跟周小奶的称呼般配了。

可是,吴二爷却不这么认为。他在干活的间隙,总爱抬头看田埂地边的箩筐,看着看着,就忍不住冲周小奶大喊一声:秀英——

断尾钗

唐丽妮

一块黛青的缎子，把红木的梳妆台上那椭圆的金边铜镜，轻轻遮盖了。

她就坐在这青缎子前。

握着她稀疏的长发，丫环翠儿心头一酸，那张红润的玉脸，如今已淡了颜色。对着镜，只平添几分痛罢了。

然而，纵是最贴心的丫环，又何曾真懂她？

13 年前，红红的蜡烛燃了一夜。鸳鸯帐内，她在清晨小鸟的唧啾中醒来。那个人引她到镜前，十根白皙修长的手指缠着她柔亮的黑发绕呀绕，最后，端端正正地插上那只和田羊脂玉凤钗——白玉凤凰口衔两颗串在金链上的玉珠子，展翅欲飞，凤身润白如凝脂。那是他家里给她下聘的信物。

这钗，只配你！椭圆金边铜镜里，那个人手扶凤钗，两眼亮如星光。

那时的她，如一朵初绽的桃花。只为他娇，为他笑。

可那个人，此刻在哪里呢？宁德的任上吧。

她轻叹了口气，套上一件长及脚踝的淡紫褙子，让翠儿扶着，到园子去。她已在床上躺两个多月了。

园子里有风，柳枝微微晃着，还是绿的，却不再是 3 月的嫩绿，是墨绿。

柳叶老了。

人，也老了。

去年春天，沈园的荷花池边，如故亭里，她终于遇见了他。一枝桃花从亭外斜刺进来，撩开他的鬓发。她瞥见了点点斑白。这个懦弱的人，不过三十出头，竟老了。十年光阴，一纸纤薄的休书，一场失利的礼部会试，带走了那个风流才子的满怀意气。

她轻抖红袖，伸出玉手，理理发髻，捧上一杯酒，轻摆石榴红襦裙，款款

向他走去。

他黯然的眼底,倏地燃起两道火苗。

这是赵郎请您喝的酒。她盈盈一笑。

那两道火苗,倏地熄灭。

这分明是她要的。可她的心底,怎么会痛呢? 这般尖锐,如针如刺。

他颤着手,接过酒,仰头,饮尽。那眼里,再漫上的,是烟,腾腾升起,淹没了他,还有她。

他说,满城春色宫墙柳。

她说,雨送黄昏花易落。

夫人,风大了,回去吧。寻不着人,老爷又该着急了。翠儿扯扯她的袖子。

风真变大了,乱了她的发髻。

不碍事的。你先回吧。我在亭子坐坐。

打发了翠儿,她独倚栏杆,低头静对满池秋水。

水是皱的,一波连着一波,托着黄绿相间的落叶,从池岸那边,推过来。在亭子下,回旋。

她感觉到冷,打了个寒战,不禁抱住了双臂。细薄的胛骨怯怯地耸起,让她看起来像一只扇不动翅膀的紫蝶。

一双温热的大手及时抚了过来。暖流,从她瘦削的肩注入,漫延至全身。

老爷。她微笑着,转过脸去,轻唤一声,就要站起。身子晃晃的,像那风中的柳。

他阻止了她。叫人去备酒菜。

你喜欢,咱们以后多在这儿用午膳吧。他说。

这个宽厚的人——那个人当年的同窗好友,昔日看她可怜,收留了她。如今,正爱怜地望着她,眼睛深处,像海。

谢老爷! 她心口一暖,起身,行礼。

婉儿,别——他忙伸手来扶。

她忽地感到气紧,伏在他臂上,好一阵咳嗽。忙乱中,一个白亮亮的物件从她袖管里啪地跌落。

白光过后,一只口衔玉珠的白玉凤凰头钗,静静地躺在他脚下。

她愣住了。他也愣住了。

她咬着唇望他，惶恐而愧疚。

他慢慢弯腰，捡起，紧握在手，把脸转向池水。

水，还是皱的，波澜迭起，托着黄绿相间的落叶，从池岸那边，推过来。在亭子下，回旋。

他再回过脸时，却是一脸温厚的笑。

好精致的凤钗！他说，把凤钗递过来。

她无声地接过，感觉到那钗上，有一层温热的水。

不久，在宁德上任的那个人，收到一个小包裹。打开，是个黛青锦盒；再打开，是一只和田羊脂玉凤钗。钗上，那白玉凤凰精致的尾羽是断的。

注：

（褙子：宋朝流行一种叫褙子的外衣，宋代的褙子为长袖、长衣身，腋下开衩，即衣服前后襟不缝合，而在腋下和背后缀有带子的样式；从造型上看，这种衣服的廓形直直的，把人的身体裹成一个圆筒，没有曲线；体现出宋朝人的含蓄、内敛，有一种禁欲倾向。）

老井

唐丽妮

一口老井。

井台干干净净,清晰可见的新鲜帚痕,帚痕上几只歪歪扭扭的湿鞋印,清清白白地描画着老井的清寂。

风微微的,斜阳越过寨子前面的大石山,静静地投射在井台上。

穿蓝布衫的阿苗婶挑着满满两桶水,慢慢地直起腰。扁担沉到肩,微弯的腰抖了一下,脚下便有些趔趄。不过,很快就调整好了。

阿苗婶抖落蜡花百褶裙上的几点草屑,踩着新鲜的帚痕,颤颤地担水离去。

吊脚楼离得并不远,很快便到。阿苗婶把水倒入水缸,就着手给阿桂叔烧水泡茶。阿苗婶泡茶不用茶叶,而用山楂叶。

寨里的金二爷说:"老井水泡山楂叶对阿桂叔的病有好处。"

每年春天,阿苗婶便采来野山楂叶,晒干,挂到灶房墙上,任四季烟火熏着。泡时,把水烧开,摘几片叶子丢到锅里。锅盖凉时,就可喝了。

这山楂叶果然管用,还很清甜。阿桂叔喝后两眼亮亮的。

这晚,阿桂叔喝了茶,两眼没有发亮,而有些忧郁,望着床前那个忙个不停的瘦小背影说:"阿苗,我们也接自来水吧,莫担了。"

"不!"阿苗婶说,"都喝了几十年了,惯了。再说,我还没老到挑不动呢。"

屋里一阵沉默。

哗——哗——井台那边传来一阵水声。

"又是水保!这老寡公还是小时那脾性,日日在井边冲澡,洗凉房都长草了。"阿桂叔笑着说。

阿苗婶叹口气，没笑，低着眉，扶正胸前的银项，开始给阿桂叔擦身子。

"阿苗，我累你了！当年……"阿桂叔闭上眼睛，幽幽叹息。

当年，寨里的后生哥都兴在井台冲澡，也不管有没有姑娘在旁，甩掉短衫长裤，露出满身肉疙瘩，吊起井水，哗哗地从头冲到脚，把一天的困乏劲都冲掉，直到全身舒坦。

当然，他们不单单是冲澡。

阿桂为了在水保他们面前逞强，冲着水双脚还跳得老高，光脚板落在滑溜溜的井台边，狠狠地摔了一跤。倒地后，还继续滑，掉进井边的水沟。也不知摔坏了哪根神经，阿桂竟从此起不了身。

而那天，正好是他用花轿把阿苗婶抬进吊脚楼的第三天。

"唉——"

阿桂叔痴痴地望着瓦顶，仿佛回到了当年，看到了年轻的阿苗婶。

年轻的阿苗，尖尖的锥髻高挽在头顶，插一个银光闪闪的银梳，银梳下是一张山沙梨般清润的脸。

最迷人的是那细腰，轻轻一摆，把满桶水吊上来。再一摆，淡蓝百褶裙一开，一合，水担上肩。刚刚还软得似水的细腰，眨眼就韧得跟月琴的弦一般，把竹扁担弹得一颤一颤的。步子合着节拍，吱呀呀地踩上青石板路……那份舒展有力的俊俏，不知招来多少后生的情歌呢。要不是阿桂叔多读了两年书，以他豆腐般的身子，怎比得过比水牛还壮的水保？可他偏又……

"唉——，我怎么就死不掉呢？"阿桂叔狠劲地掐木头一样的双腿。

"你呀，又想不开了！"

阿苗婶拉过他的手，轻轻地揉，然后坐到竹椅上给阿桂叔织睡帽。

吊脚楼的木条窗前，阿苗婶静静地织，阿桂叔静静地躺，天色静静地暗了。

那边井台哗哗的水声也渐渐停息，连吃饱了的狗都不吠，整个寨子都是静的，仿佛都睡着了。

忽然，月光淡淡的木窗外，传来一阵颤颤的歌声：

天上起云云起花，包谷林里种豆荚。

豆荚缠坏包谷树，娇妹缠坏后生家。

……

浑厚的滑音声腔从井台起唱，渐渐远去，继而无声。

阿桂叔眉毛跳了一下，定定地望着阿苗婶。

阿苗婶的眉毛也跳了一下,潮红着脸,弯腰整理竹篮里整整齐齐的黑毛线。无意间,蜡染头巾下一缕花白的鬓发悄然滑落。

阿桂叔心头一哽:"阿苗,苦了你……"

阿苗婶一惊,忙坐直身子,想说什么,却又摇摇头,低头继续手上的织活。

"阿苗,你另找个人吧……"

"你莫要乱讲!"阿苗婶猛一哆嗦,右食指被织针狠戳了一下。

"唉——"阿桂叔把脸转向窗口,缓缓说,"我是个活死人,拖累你这些年……水保是个好人……"

一颗浑浊的泪从他眼角慢慢滴落……

夜,渐渐加深,月亮轻轻地移过木条窗子的时候,阿桂叔终于睡着了。

阿苗婶悄悄放下睡帽,踮脚来到偏屋,从木箱取出一个包,里面是一件宽大的深蓝色毛衣,袖子上架着四根光滑的竹棒针,像一个大大的井字。

窗外,一缕清幽的月光静静地照进"井"内,如水倾泻。

天上起云云起花,包谷林里种豆荚。

豆荚缠坏包谷树,娇妹缠坏后生家。

……

阿苗婶含着泪,缓缓地抽出棒针……

哗——哗——凉了天。

千里香

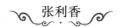

张利香

　　她刚回到门口,隔老远的地方,就看见父亲搬着她的千里香往外走。她发出一声尖叫,别动我的花!说着便冲上前去,从父亲手上夺下花来。

　　父亲怔怔地看着她,好久,才发出声说,这花,比你爸我还重要?

　　她觉察出了自己的失态,扭过头去说,哪跟哪的事。

　　父亲望着她,不出一语,转身离去。

　　望着父亲孤寂的背影,她知道,父亲是伤心了。但是,这花是她的宝贝啊,她怕父亲碰坏了它。

　　这是盆千里香,她已种下它4个年头了。记得当初她接受了他,就是在千里香花下。那时她在小路上散步,路两旁的千里香开得正浓,风吹来,清清甜甜的味道。他发来短信说,要是能够和你一起在千里香花下散步,该多好啊!那一刻,她的心波澜起伏。

　　也就是在那时,她把一株千里香栽在了自家房里,期盼花开,期盼结果。

　　小路两旁的千里香花开花谢已几春,然,他却依然没有能够和她一起在花下散步。他怎么能够在阳光下和她一起公然地散步呢?他的身边有妻子。她是知道的,但是她已无力自拔。夜深人静的时候,她常望着房里的千里香黯然神伤。这盆千里香枝叶长得很好,却不知什么原因,总不开花不结果。

　　她在房里闷闷地坐了一会,忽想起父亲刚才孤独的背影,她站起身来朝外走,她觉得,该和父亲说些什么。

　　来到父亲房里,父亲正坐在房中,一根接一根地抽烟。

　　她小心翼翼地叫了声:"爸?"

　　父亲"嗯"了一声。

她说:"爸,你生我的气了? 刚才是我不好……"

"女儿,你坐下,爸想和你谈谈,爸不是生你的气。"

"那你这一根接一根地抽烟,是为啥?"

"女儿,你听爸的话,有些事,该放手你就放手吧!"

"爸……"

"女儿,你也不小了,该明事理的。爸半夜睡醒,一想起你的事情,爸的心就痛。女儿啊,爸是担心你以后受苦啊!"

她知道父亲又在为她的婚事担心了。她和他的事,父亲是隐约知道一些的。

父亲又接着说道:"孩子,我刚才是想把你的花搬出去晒晒太阳。女儿,你知道你的千里香为什么不开花吗?"

"为什么?"她问。她很想知道原因,她一直都在期待它开花。

"那是因为它缺少阳光! 只有生长在阳光下的千里香,才能开花,才会结果!"

"阳光下?"她想了一会儿,抬头,看见父亲的头发白得闪亮。她的心里闪过一丝酸楚,父亲已经那么老了,而自己……她的心里有了愧疚。她说:"爸,我知道该怎么做了,一会我就把花搬到阳光下去……"

"不只是花……"

"爸,我知道……"

偷杏

宋以柱

村子周围几座山，半圆状相连。

向西过了沂河，虎山和凤凰山之间有条沟，叫柴干沟，水很清，有鱼，也有螃蟹，阴历八九月相交时节，螃蟹最多。顺沟而上，去四五里，有一个村落，十几户人家，叫柴干村，很别扭的名字。但是我们都愿意来。为什么？有杏树。沂河两岸一十三村，只有这个村子的杏树最多，家家户户有，在集市上见到的一筐一筐的黄杏、红杏，圆的、扁的，都是这个村子的。

桃三杏四梨五，说的是桃树杏树梨树长大坐果的年龄。五月红六月黄，说的是摘杏的月份。五月红，红透在五月中旬，个头中等，满树挨挨挤挤，红着脸，像唧唧喳喳的孩子。六月麦黄，正在忙麦收的时候，黄透的是麦黄杏，很软，个大，一捏一包水。杏子熟了的那段时间，搅得我们上树爬墙。

偷杏总得有个好理由，几个小伙子，突然出现在大忙季节的山路上，大摇大摆地晃荡，一看就知道是奔杏去的，人家早早就把狗牵到杏树底下了。我们不怕狗，是怕它不住声地叫。

逮蝎子是我们最好的理由，过了初夏，到了杏熟的时候，我们的活动就频繁多了。大人不拦，我们也不嫌累。几座山转下来，到了中午，每个人的瓶子里总有几十只大蝎子。那时，带的煎饼当零嘴吃了，累，饿，更渴得难耐。我们的落脚点总在柴干村东面的凤凰山半腰，每人找一块大石头坐下来，眼巴巴地看着山下房前屋后一团一团的红黄，不住地咽唾沫，不住地拿眼看带头出来的三哥。

三哥十七八岁，个头高，大手大脚，粗壮。三哥看着山下，很果断的一挥手，下山。我们几个很像冲向陷进包围圈里的鬼子。下山的速度很快。

挨近村子，我们就成了鬼子兵了。不敢进院子，不敢大声说话，只敢打

手势。杏树多了去了，院子外面一棵挨一棵全是杏树。各自找一棵中意的，鞋脱了，装蝎子的瓶子放进鞋里。三哥三把两把爬上一棵，早早扔下几个杏核。我们就猴一样上树，撅着尾巴往上爬。一个不会爬树的，看人，蹲在院墙跟前看着，有人出来就喊。先吃，吃饱肚子的过程很快，再把上衣兜裤兜也装满了。树下铺一层杏核。下树的时候有些困难，怕挤了兜里的杏子。正撅起腚来，寻思着下树的时候，下面一声脆喊射上来。

是一个姑娘，白，手白，脸白；俊，脸俊，身子也俊。

三哥说下，下到一半，又都上去了。每棵树根周围铺满了荆棘，恰好铺到我们跳不到的地方。

这小姑娘够狠的。三哥嘟哝一声，重又爬上去，坐到一个树杈上，摘几片叶子当扇子。他已经吃饱了。

把荆棘拿开，三哥朝下喊。

下面不应声。小姑娘看也不看，抱着胳膊蹲树荫去了。

三哥摘一个杏，不吃，左看看，右看看，嗖地扔到地上。姑娘噌一下站起来，不愿意了，吃够了你还糟蹋？

拿开荆棘我们下去。三哥斜着眼。

想都别想。三哥又扔。一个，一个，熟透的杏子扔到地上就瘪了。那个姑娘瞪着三哥，干生气，没办法，又心疼杏子，就拿袖子抹眼泪。我们都不忍，三哥还是一个一个地往下扔。

妮啊，和谁吵吵？出来一个老奶奶，颤颤巍巍的，瘪着嘴。

吃几个杏，你看看你。他们家没有。老奶奶怪那姑娘，又使劲扬起头对着我们，都下来，都下来，妮啊，拿开拿开，把荆棘拿开。说着用手中的木棍挑开荆棘。

那姑娘一转身走了，气鼓鼓的。

再来吃杏啊，到家里去，小不点的人，爬树吓人。老奶奶也回院里了。

不会爬树的就是我。院子里出来人我根本不知道，正看着三哥他们使劲咽唾沫呢，那妮子闪出来，一把就把我摁住了，扬着手，冲我瞪眼，不让我说话。我就傻了。她太俊了，再说手掌上有老茧，那滋味我知道。

三哥站在树下愣了一会儿说，把蝎子给人家留下。我们不愿意。三哥留下了自己的瓶子，扭头上山。你去问问宋丽华她叫什么名。爬到山顶，坐到一块石头上，三哥小声和我说。宋丽华和我一个班，读二年级，就是这个村的。我瞪着眼看了他好几秒钟。

三哥当兵回来时,变得腼腆了很多,不再那么咋咋呼呼的。家里院里院外、果园里也有了杏树。让他吃,三哥就吃,还说我在部队上也吃过。我们却懒得吃了。我们都到镇上读初中了。

　　三哥把三嫂娶进门的时候,我一眼就认出来了,就是那个叫刘英的又白又俊的妮子。我们只有傻笑的份了。那天晚上,我们听见三哥对妮子说:"要不是你一封信一封信的,我还不想复员呢。"妮子说:"你是想吃杏吧。"

　　"三嫂,我们也想吃杏。"我们一起喊。屋里一声脆喊射出来:"滚。"

　　这时候,那位老奶奶已经去世了。

三奶的爱情

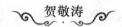

贺敬涛

三奶个小,瘦削,说话低声细语,脾气也好。

三爷个高,膀实,嗓门高,是方圆几十里出名的暴脾气。

三爷却怕三奶,回家说话声音也低,只听见三奶莺声燕语,却听不到三爷一句高声,村里人都说:"怪!"

盛夏的一天中午,知了正叫得欢实,三奶在家做饭,亮子突突跑来:"三奶,三爷和河东的'柳家三霸'打架呢,谁也劝不下哩!"

三奶把手在围裙上蹭蹭,来不及关上门就往河边跑。

三爷已将柳老大打得躺在地上,一只脚踏在柳老二胸上,两只手正把柳老三高高举过头顶,要往下摔。

三爷也是满脸血污,眼睛血红,活脱脱一只发怒的豹子。

三奶跑到了跟前却不说话,叉着腰,绷着嘴唇,瞪着一双杏眼看着三爷,亮子大声喊:"三爷!三奶来了。"

三爷这才回头看了一眼,怔了怔,拖着哭腔说:"他们三个一起打我!"像个委屈的孩子。

三奶仍不说话,掉头就走。

三爷收了性子,轻轻放下柳老三,一声不吭,跟在三奶后面,踢踏踢踏进了院子,门咣当关上了。

三奶原在万家福曲剧团唱戏,工旦角,人漂亮,扮相好,嗓音细腻,唱腔甜美,《风雪配》里演聪明俊美的高秋芳,《荆钗记》里演有情有义的钱玉莲,是远近闻名的"十里香",是万家福剧团的台柱子。

三爷听了三奶的戏后,发疯似的爱上了三奶。

三爷父母早亡,穷,除了一把好力气,一贫如洗,可三奶却是方圆几十里商人、富家公子追逐的主。这些人心态各异，有逢场作戏的，有想娶三奶作妾的，可三奶愣是嫁了三爷，并用积攒的银两盖了房子，置了地，安安生生和三爷过起了小日子。任凭万家福剧团班主提了礼几次三番、三番几次来请，三奶坚决不出山。

没了三奶的剧团唱戏听众就少了很多，大家老摇头，没了"十里香"，戏没味！

只有晴朗的夜里，能听到一个柔柔的女音在唱，悠扬婉转，很是入耳，那是三奶。

三爷三奶育有一子，叫柱子，集中了俩人的优点，人白净、聪慧，是村里唯一考到北京的大学生，毕业后分配到了省会城市工作。柱子孝顺，想接三爷三奶到城市生活，可俩人说啥也不去。

三爷三奶住在三间旧砖房里，日出而作，日落而息，生活恬淡安闲。

三爷老了，耳朵有些背，话更少了，可三奶话却多了起来，嗓门也高。

"老头子，干啥呢？"

"坐着呢！"

"老头子，咋不吱声了，死了？"

"嗯，没呢。"

三奶扑哧一声笑了。

其实，三爷坐在门口小凳子上看鸡子吃食呢。

谁也想不到，三爷这么硬朗的身板，说没了就没了。

前半夜，三奶还在喊："老头子，睡着了？"

"没。"三爷应。

三奶迷迷糊糊睡着了，睡梦中，三爷走得飞快，三奶喊他，三爷回过头，笑笑，一转身，就不见了。三奶吓醒了，喊，不应，一摸，三爷已经走了。

三爷就葬在院子后面。

吃饭时，三奶走到过去大声喊："老头子，别睡了，今天吃饺子，你爱吃的羊肉馅，还捣了蒜泥呢。"

有时，三奶叉着腰到坟前，很威风地站着："死老头子，我不看着你，可不许勾引人家小媳妇，要是让我发现了，嗯，看我不捶你才怪。"

晴朗的夜晚，村子里还能听到三奶幽幽地唱。

第二年春上，三奶让人喊回了柱子，说："娘要走了，你爹老想念我，他不会做饭。"说完，浅浅地笑。

儿子没当真。

第二天早上起床，三奶无疾而终，脸上还带着笑。

秋天时，三爷三奶的坟前野菊花开得很艳，蜜蜂嘤嘤嗡嗡，有人说，是三奶在给三爷唱戏呢！

抢不走的爱情

那一年,17岁的外婆出落得如花似玉,是方圆几十里有名的美人,家境殷实,遵照祖训还裹了双小脚。

那一年冬天,天降大雪,雪深尺余,外婆迈动三寸金莲出院子时被躺在门楼下的人绊倒了,低头见是个讨饭的,顿生怜念,端来了热汤拿来了蒸馍。被救的叫张三黑,后来做了土匪还感念不忘,纠结一生。

外婆与外公的相遇真像电视上演的、小说里写的。夕阳西下,青山含黛,漂亮的外婆嘴里噙着毛毛草坐在沙河边石墩上洗衣服,也许是外婆太专注于某个问题,衣服被河水冲走老远还不知道。听到有人从河里捞了衣裳喊,抬头看,是个青年,俊朗的身材,一身的书卷气,忧伤的目光,外婆扑通一下就掉进了那忧伤的眼神里,再没有爬出来。

青年姓王,是镇上染坊的伙计。

后来媒人来说媒,与外公一见面,外婆就笑了,正是那个河里捡衣服的青年。

外公自小父母双亡,饱受饥寒,却天生爱读书,为生计去城里染布坊做过学徒,后又到镇上帮忙。在外婆的资助下,外公在镇上开了家染坊做了掌柜。外公聪明、诚信,生意非常好,忙完生意的夜晚,外公总要读书,外婆就坐在外公身边纳鞋底,灯光下,常常一坐大半夜。

姨妈是噙着蜜糖出生的,可幸福的生活,瞬间就被打乱了。正是民国,战乱不断,土匪猖獗,清风寨的张三黑已坐到了大当家的位子,手下有五十多条快慢枪,称霸一方。

张三黑的手下盯上了镇上外公的染坊。

那天外公本要回家的,可朋友家婚娶,外公饮完酒就歇在店里。半夜时

分,马蹄声急,火把照彻夜空。转眼间,二十多个土匪冲进店里,两个伙计与外公眼睁睁地看着土匪把染坊抢了净光,临走,还绑走了外公。

外公被绑走以及土匪索要 1000 大洋的信息几乎同时传到了外婆耳朵里。为救外公,外婆以最快的速度筹到了大洋,用布袋一提,腰里插把菜刀,骑着头小毛驴,独自去闯清风寨。到了寨子,寨门却大开,原来在寨子上瞭望的张三黑认出了救过自己的外婆。

外公被外婆从后山窝棚救回家,许是受了惊吓的缘故,第 3 天就不行了。

张三黑让土匪送回了大洋与抢走的东西,并央人来说亲,被外婆骂出了门。为娶到外婆,土匪在外婆家门口放了一袋大洋,可外婆 3 天都没动它,还是土匪自己取走了。

不久,土匪趁着天黑,在大门上插了一把尖刀。外婆也不含糊,就在尖刀旁也插上了一把剪刀,意思是用剪刀和他拼命。

那一年,外婆 28 岁。

我的母亲是个遗腹女。外婆 28 岁守寡,把自己的幸福和青春,全交给了姨妈和母亲,风雨里,辛苦劳作,忙里忙外,从不说苦。

外婆最大的爱好就是抽烟,而且烟瘾极大,烟伴随了外婆后半生。

我记事起,外婆就给我讲外公如何爱看书、有文化,眼神与表情都很沉醉的样子。上大学时我还与外婆探讨过爱情,外婆说:"只要心在一起,牵挂着对方,就是爱情。"

后来,外婆无疾而终。

那天下午,外婆从田里回来,对母亲说:"昨个呀,梦里又梦到他了,笑着看我。我说,你交给我的事,都办完了,他点点头,仍笑。"

外婆以自己对爱情的执著与坚守,诠释了爱情最朴素的含义。虽然大半生清苦,因为心中爱着一个人,外婆的一生寂寞而充实,精神世界也绚烂而缤纷。外婆的爱情呀,就是土匪也抢不走。

我在地铁站等你

沈　宏

每天他坐地铁上班。

他是在春天里的地铁站遇见她的。那个时期正是苹果花盛开的季节，空气中弥漫着苹果花的清香。早晨，他正在地铁站等车。蓦然间，他看到了对面的她。他好久没见到过这么好看的女人了，她穿着一件苹果绿的风衣，那洁白的脖子上围着一条淡黄色的丝巾，白皙的脸颊上泛起淡淡的光泽，高雅中又不失妩媚。她的出现，使他在那种单调的等待中突然有了清新的感觉。

地铁来了，他上去时还从窗口望她，只见她上的是跟他方向正好相反的地铁。地铁启动了。刹那间，两列地铁交错而过。而正是在这刹那的交错中，他透过车窗，看到她朝他微微一笑。这是个美好的早晨。他坐在地铁中这么想。

他是两年前从南方的某个小城应聘到这个大都市的。他做的是广告设计，原以为在大都市会有一番作为，现在看来并非如此。因为在大都市里，人际关系相当复杂，人与人明争暗斗更厉害；他的好多设计方案不是被否定，就是被别人所用；大都市里又相当拥挤，人像一群群蚂蚁那样生活着，一不小心就会被踩死；还有大都市住房相当紧张，租房相当贵，他只有在郊区租农家房……两年来，他苦苦挣扎着。

翌日，当他出现在地铁站时，他又看见了对面的她。当他和她同时登上两列方向相反的地铁，他和她都不约而同地相视一笑。又是一个美好的早晨。他坐在地铁中这么想。

以后每天早晨，当他准时出现在地铁站时，他就会看见对面那个穿苹果绿风衣的她。当他和她同时登上两列方向相反的地铁时，彼此都会不约而

同地相视一笑,仿佛同时在向对方说:我在地铁站等你！于是城市和城市的人在他眼里也变得亲切美好起来。每天一走进公司,他觉得浑身有使不完的劲儿。他首先在公司里顺利地处理好人际关系,并获得了上司的信任。不久,他设计的广告牌频频出现在城市的中心地带,不断引起人们关注,并连续获得大奖,他还被提升为部门主管……

每天她坐地铁上班。

她是在春天里的地铁站遇见他的。那个时期正是苹果花盛开的季节,空气中弥漫着苹果花的清香。早晨,她正在地铁站等车。蓦然间,她看到了对面的他。她好久没见到过这么英俊的男人了,他穿着一身深蓝色的牛仔服,留着长发,满身透出一股艺术气质,刚毅中又不失宽容。他的出现,使她在那种单调的等待中突然有了清新的感觉。

地铁来了,她上去时还从窗口望他,只见他上的是跟她方向正好相反的地铁。地铁启动了。刹那间,两列地铁交错而过。而正是在这刹那的交错中,她透过车窗,看到他朝她微微一笑。这是个美好的早晨。她坐在地铁中这么想。

她是两年前从北方的某个小城应聘到这个大都市的。她做的是化妆品推销,原以为在大都市会有一番作为,现在看来并非如此。因为在大都市里,人际关系相当复杂,人与人明争暗斗更厉害;她的好多推销方案不是被否定,就是被别人所用;大都市里又相当拥挤,人像一群群蚂蚁那样生活着,一不小心就会被踩死;还有大都市住房相当紧张,租房相当贵,她只有在郊区租农家房……两年来,她苦苦挣扎着。

翌日,当她出现在地铁站时,她又看见了对面的他。当她和他同时登上两列方向相反的地铁,她和他都不约而同地相视一笑。又是一个美好的早晨。她坐在地铁中这么想。

以后每天早晨,当她准时出现在地铁站时,她就会看见对面那个穿深蓝色牛仔服的他。当她和他同时登上两列方向相反的地铁时,彼此都会不约而同地相视一笑,仿佛同时在向对方说:我在地铁站等你！于是城市和城市的人在她眼里也变得亲切美好起来。每天一走进公司,她觉得浑身有使不完的劲儿。她首先在公司里顺利地处理好人际关系,并获得了上司的信任。不久,她推销的化妆品在这个城市流行起来,不断获得都市女性的青睐,并连续创下推销新纪录,她还被提升为部门主管……

补叙一:半年后,他又出任南方一个大都市的大型广告公司总设计师。

每天他还是坐地铁上班。每当他来到地铁站,他希望会出现一个穿苹果绿风衣那样的女人。他总在心里默默地呼唤:我在地铁站等你!

补叙二:半年后,她又应聘出任北方一个大都市的大型化妆品公司总经理。每天她还是坐地铁上班。每当她来到地铁站,她希望会出现一个穿深蓝色牛仔服那样的男人。她总在心里默默地呼唤:我在地铁站等你!

圣诞花篮

沈 宏

这是 10 年前的一段往事。那时我 28 岁,在一家纺织厂当技术员。

厂里是集体住宿。宿舍楼在厂区的西边,是幢 3 层的白色建筑。四周还有许多水杉树。我们男宿舍在 2 楼,3 楼是女宿舍。

同宿舍的大多谈上了恋爱,而我还没谈上。这倒不是说没有目标,其实我心里早瞄准了三楼 312 室的王小芮。王小芮是二车间的摇纱工。王小芮装纱管的速度在厂里是头号。开始只是听我那在生产技术科管操作比赛的好友齐平说的,不过以后在厂里的操作运动会上,我确实见识了王小芮的身手。王小芮的身手真是快得让人无法瞧清那纱管是怎么插上车的。

王小芮是个活泼可爱的女孩。在宿舍里,王小芮总是蓬松着长发,简简单单扎一条花白手绢,像只蝴蝶飞上飞下的,大伙儿都喜欢她。

王小芮跟我也有过接触,譬如偶尔向我借本书什么的。有时大伙儿聚餐时,我偷偷朝王小芮那边瞅,我发现王小芮也正在往我这边瞧。当四目相遇时,我们又忙闪开了。等我再瞅王小芮时,我瞅见王小芮的脸颊上有片红晕。

好多次,我想找王小芮表白,可由于我生性内向,一见到王小芮就支支吾吾没辙了。这件事折磨了我好长时间。

圣诞节来临的前一天,我下了决心——在圣诞节那日,我要向王小芮赠送一只花篮。不管王小芮怎么想,我一定要向她表明我的感情。刚好那天我要去医院探望我的好友齐平。齐平是因突然间休克被送进医院的。据医生诊断,齐平是由真性红细胞增多症而导致白血病的。齐平住院已两个月了,其间我去过好几次,也碰到过王小芮和几个女孩。我想把我的心事告诉齐平。

我走进飘着来苏味的白色病房。齐平正躺在病床上，脸色非常苍白。

我刚坐下，齐平就伸出消瘦的手握住我的手说："你来了，正好我有件事求你帮忙。"

我说："有什么事，你尽管说。"

齐平瞅了我一眼，有些害羞地说："圣诞节快到了，我想求你帮我在圣诞节那天送只花篮给王小芃。"

一时我没反应过来，诧异地问，送花篮给王小芃？

齐平苍白的脸上红红的，大概是激动的缘故。齐平说："是的，送花篮给王小芃。"

这时我才意识到了什么，我怔怔地说："齐平，你……"

齐平说："乔宏，咱俩是好友，我一直想告诉你，我喜欢王小芃。以前我不敢向她表白，是因为我怕她拒绝我。等我生了病，就没有这个机会了。我知道，我的日子不多了，也不敢再有这种想法。可我一直想送她一只花篮。"

听了齐平的诉说，我为自己感到难过。可我不能拒绝齐平，我对他："行。"

圣诞节那天，下起了大雪。雪花纷纷扬扬，整个厂区一片白色。傍晚，我捧着一只由玫瑰、康乃馨、百合、郁金香、勿忘我组成的圣诞花篮敲开了312宿舍的门。

宿舍里只有王小芃一人。王小芃见我捧着花篮，惊喜地说："是你?!"

我说："王小芃，这花篮是齐平让我转送给你的，他祝你圣诞快乐！"

王小芃的眼神立刻黯淡下来，她说："齐平他好点儿了吗？"

我说："王小芃，齐平一直爱着你！他现在病得很重，去看看他吧。"

我不知道是怎么离开王小芃的宿舍的。我只知道那天的圣诞之夜，我独自一人在风雪弥漫的大街上走了很长时间。当回到宿舍时，我意外地见到桌上有我的一封信。拆开信封，是一张精美的散发着苹果香味的圣诞贺卡。贺卡上写道：乔宏，祝你圣诞快乐！王小芃

顿时，我心里涌上一股复杂的感情。

从那以后的一段时间里，我有意躲开王小芃，而王小芃也似乎尽量避免跟我相遇。我只是从宿舍里的一些议论中得知王小芃每天去医院。在我去医院时，我见到王小芃对齐平的那种亲昵的神情。王小芃送我出病房，在医院的走廊上，王小芃对我说："齐平像个快乐的小男孩。"

我没有说话，只是默默地走。等走到走廊尽头，我回头瞅一眼王小芃，

见王小芃还站在走廊的中央。在走廊朦胧的灯光下，王小芃像春天里盛开的苹果花那样可爱动人。

那年深秋，齐平像片落叶那样飘然离去。

又一个雪花纷飞的圣诞节。我去郊外的公墓看齐平。在那儿我见到王小芃正把一只花篮放到齐平的墓前。

我和王小芃在齐平的墓前相遇。

王小芃含着泪对我说："我们都想用爱留住他，可他还是走了。"

我说："小芃，不管怎么样，他是带着一个美丽的梦走的，我想他是快乐的！"

王小芃紧紧瞅着我说："我想是这样的。"

王小芃说着扑入了我的怀里。

我紧紧拥着王小芃。

雪花纷飞的圣诞节，圣诞花篮清香弥漫。

青春往事

沈·宏

　　童一凡老教授每天傍晚必须出来散步,看看黄昏的夕阳,看看城市的建筑,看看美丽的少女,心里涌动着青春的往事……这给他晚年寂寞的生活增添了一抹色彩。

　　童老是两年前退休的。那个时候,他的女弟子秦敏刚好从国外进修回来,学院中文系需要提拔一个年轻的系主任,老教授作为学院的权威人士就把她推荐上去了。老教授特别宠爱这位年轻美丽又有才华的女弟子,譬如老教授常常为她"开小灶",她是班里最早发表学术论文的,她又是第一个出国;再譬如,老教授对秦敏的生活也非常关心,常常问寒问暖……以致他的许多门生特别忌妒。至于老教授为什么这么宠爱这位女弟子,宿舍里曾有许多议论:秦敏的母亲也是老教授的学生,说不定有特殊的关系。别瞎说,老教授的为人是大伙一致公认的!教授喜欢她,还有什么理由……对于秦敏来说,老教授的关爱就像一个父亲那么自然。可有一点秦敏始终不明白,老教授为什么独身?和童老在一起时,秦敏曾问过这个问题,可老教授没有给她答案……

　　这是个杏花瓣纷飞的春天的黄昏,童老跟往常一样又出来散步。大街上的霓虹灯广告牌闪烁着,城市的女孩们穿着花毛衣,青春飞扬。许多女孩挽着恋人的手臂,开心地走着,笑着。真好!童老从心里羡慕。这时,他突然看见他的女弟子秦敏独自一人在不远处的林荫道上踟蹰。他觉得,在这春天里,这位女弟子好像有种落寞的感觉。于是,他走过去,走到女弟子的背后叫了声:"阿敏。"

　　女弟子转过身见是童老,便说:"教授,您散步啊?"

　　童老说:"是啊,你也散步?"

女弟子点点头。于是,女弟子扶着童老的手臂很自然地一起散步。

一天、二天、三天,都是如此。

第四天,当童老和女弟子再次相遇时,童老问:"阿敏,你好像有心事?"

女弟子说:"没有啊!"

童老说:"怎么没有? 我从你的眼神中看出来,你一定有心事!"

女弟子突然靠在童老肩上哭了起来。

童老轻轻拍拍女弟子的肩,说:"阿敏,你怎么了? 别这样!"

女弟子边哭边说:"教授,我喜欢上一个人,可我又不敢对他说。教授,你说我该怎么办?"

童老说:"你喜欢这个人有多久了?"

女弟子说:"很久了!"

童老说:"那你为什么不向这个人表白?"

女弟子说:"我没有勇气向这个人表白。"

童老说:"噢,是这样!"童老沉思了一下,又说:"阿敏,我给你讲一件往事吧。"

女弟子擦拭泪水,望着童老。童老说:"那是很多年前的事了。那时,我很年轻,充满激情。我大学毕业留校,担任大一中文系的班主任。当时班里有位女学生,漂亮活泼,又有灵气,我非常喜欢她。当然开始只是一般的喜欢,可不久这种喜欢便搅得我心神不宁。我每天都想这位女学生,以致讲课也无法集中思想。当然那位女学生是不知道的,我也不可能让她知道。就这样过了一个学期。放暑假前,我曾问她,暑假有什么打算? 她说想和同学一起去丝绸之路看看。我对她说,我有个研究课题是关于丝绸之路的文化背景,正好也想去那儿。她听了兴奋地说,那老师带我们一块儿去吧。我们正好没有男同胞护驾,请老师当我们的护花使者。就这样,我带着 6 位女学生到新疆塔里木河一带考察。夏天的新疆弥漫着葡萄成熟的芳香,我的学生和新疆女孩一起跳起了哈萨克舞,那位女学生的舞姿真让我着迷! 那个时期我完全爱上她了,但我又不能让这种感情流露出来。考察结束,还有一半假期,她和同学各自回家了,我呢,回到了学校。噢,这期间我还做了件傻事。那是分别的前一夜,我到她们的房间,刚好她们都出去了。我看到桌上有一只淡黄色的蝴蝶发夹,我知道这是她的。于是,我不由自主地拿起发夹闻了闻,发夹上有股淡淡的清香。这时她急急忙忙地跑进来,见到我说:'童老师,你怎么在这儿?'我有些慌张,手里紧紧捏住发夹,说:'我来找你们,看有什么活动。'她说:'刚才我们也找你,大家想去夜市逛逛,我是回来拿发夹的。'她说着朝桌上看了看,又在床上翻了翻,说:'我的发夹不知放哪儿了。'她看了看我说:'算了,不找了! 我们一块儿去逛夜市吧,她们都在外面等着呢。'我和她走出房间时,我手里还紧紧捏着她的发夹。回到学校,我常常看着这只淡黄色的蝴蝶发夹,把对她的思念写进日记里……"

城市的灯光透过树林,斑斑驳驳投射到林荫道上。这时,女弟子扶着童老在路旁的一张石椅上坐下来。童老朝远方看了看,继续讲道:"这样一直到开学。当我见到她带着一脸的阳光回到校园时,我真想上前拥抱她! 她见到我还是那么无拘无束,说:'童老师好!'可这一问候突然打碎了我的梦幻——我知道我和她是师生关系! 此后,直到她毕业,我还保存着她的发夹,可她已经有了恋人。那时我才知道,我是单恋,可我不后悔!"

女弟子说:"教授,这对你不公平,你为什么不向她表白?"

童老说:"爱情就是这样,没有什么公平不公平的。你知道她是谁吗?"

女弟子问:"她是谁?"

童老说:"她是你母亲!"

女弟子一脸惊讶,问:"我母亲? 教授,这是真的吗?"

童老点点头,说:"阿敏,你不会认为我……"

女弟子笑笑说:"教授,我真没想到,你会对我说这些。"

童老说:"阿敏,我只是对你说了段青春往事。"

城市的夜空星光灿烂。一群少男少女欢笑着从童老和他的女弟子身边走过。童老感叹道:"年轻,真好!"

女弟子也说:"是啊,年轻,真好!"

童老看了看女弟子又说:"阿敏,你明白我为什么要给你讲这件事吗?"

女弟子点点头,说:"我明白! 这是一段往事,而今天的事也将成为往事!"

女弟子说着又扶起童老,慢慢地走出林荫道……

五叔像葵花

傅昌尧

五叔死了，死在 8 月，可 8 月的葵花依然向阳。

五叔死的时候，我正在外地给一家剧团赶写剧本，我像一只超期服役的蛋鸡，伏在宾馆里憋红了脸就是下不来蛋，急得团长和导演脑门子上都起了白霜。这时，一封电报救了我……

等我赶回乡下老家，五叔已经躺在那叫骨灰盒的木匣子里。我的一位堂兄说，天太热，等你不及，就……办了。

五叔是奶奶四十多岁时生的，我是长房大侄，五叔只比我大 12 岁，他属兔，我也属兔。五叔一直没成家，小时候，我几乎和他形影不离，村子里的人都说是老兔领着小兔。

老兔死了，小兔怎能不伤心？

五叔是怎么死的？我终于从悲痛中平静下来，问满屋子的人。

女人们立即又欷歔饮泣。堂兄说，是触电了，给葵花地浇水的时候。

我愕然，怎么会呢？

是杨寡妇那个妖婆害的！一个婶娘边啜泣边愤愤地说，我见老五前脚进了葵花地，杨寡妇后脚就跟了进去……

村边有块很大的荒坡地，因为四周都是阴森森的坟茔，无人愿意耕作。五叔人缘好，村长说，老五，你看能种啥你种吧，不用缴费。五叔勤快，就吭哧吭哧地耕出来，种上了葵花。每年 8 月花开时，村边就飘着一片金黄的云。我曾问过五叔，干吗种葵花？五叔说葵花不娇气，通人性，太阳到哪儿它到哪儿。五叔不识字，可五叔的话有时叫我挺难消化的。最难让人消化的还是五叔的婚事。年轻时，曾经有不少姑娘要跟五叔，可五叔就是不要她们。为这事，家里人和五叔闹过几次，问他心里是不是有人，他就把两耳一捂，死活不开口。

其实我知道五叔一直暗恋着村东头的杨寡妇,这件事至今仍令我不能理解,五叔在杨寡妇还不是寡妇时就恋着她。我还知道,五叔一直在暗暗接济她家。杨寡妇儿子考大学考了 6 年才考上,如果不是五叔的接济,他坚持不下来。可我不明白,五叔为什么至今没能和杨寡妇合到一起。奶奶死后,五叔就彻底自由了,家里的叔伯婶娘们都希望他早点成家,没人再计较他娶的是寡妇还是黄花闺女。可五叔和杨寡妇一直是虾不跳水不动。

按照乡下的习俗,我给五叔守了 7 天灵。7 天里,我一次次走进五叔的葵花地,五叔和他葵花们一直挺立在我的脑海里。我的传呼机上不断闪现着那个远方剧团的呼唤,我不得不走了。

在镇上等车时,我意外地被杨寡妇拦住了,她老得让我吃惊。

她喊着我的小名说:"尧子,我早想跟你说说,我对不起你五叔,可我……"她哽咽了,泪比人还要老……

五叔那天扛着水泵走进葵花地时,在不远处坡地上收花生的杨寡妇看见了,她愣怔了片刻,就扔了锄头,朝葵花地走去。村子里其他干活的人也看见了杨寡妇裹着一团朝阳朝葵花地里走去的身影,人们抿嘴笑了笑:这一对人啊,终于在大伙的目光注视下公开活动了。人们在想,秋后,村里或许要热闹了。

五叔放好了电线,正要开机抽水,身后传来杨寡妇的声音:"老五,你进来……"杨寡妇旋即朝葵花地深处走去,葵花叶上滚落的露水将她的蓝布褂打得斑斑点点。

五叔觉得很突然,五叔犹豫了一下就紧跟了进去。五叔说:"今年的葵花就不卖了,秋后办事招待客人……"杨寡妇听到这句话时,便靠在一根粗壮的葵花杆上走不动了。转过身来,五叔看到一张泪脸。

"怎么了?"五叔目光软软的。

"老五,来平要回来做事了……"来平是杨寡妇的儿子,一直在外地工作。

"做啥事?"

"当乡长。"

五叔一阵惊喜:"好啊! 我就知道他有出息,这些年,我没白供他……"

"昨天,来平和他城里的媳妇回来了,我把我们俩的事说了,他们说……这事不成!"杨寡妇泪如泉涌。

"为啥?"五叔的脸被漏进来的阳光切割成几块。

他媳妇说:"上面很看重他,要培养他一路走高……说我不能影响他……说我临老了,还找个什么老光棍……怕别人说道……他们让我离开村子,去给他们带孩子……老五,你说该咋办? 你一直都盼着他好是不是……"杨寡妇的哽咽声被头顶硕大的葵花盘儿死死压住。

五叔始终没抬头,手中捏住一根葵花杆儿,那杆儿被他攥出血来……

五叔不知道杨寡妇何时离开的葵花地,不远处的乡亲看见杨寡妇离开的身影,心里直犯嘀咕。

五叔走出葵花地时,泪眼蒙眬地扭头看了一下他的葵花,他发现那些葵花都扭头朝他微笑。五叔知道自己丢不下它们,它们也丢不下五叔。

五叔在给水泵接电源时,手抖得太厉害了……

杨寡妇拎着菜篮子走了,她要赶回去给她当乡长的儿子做饭。可她知道,能和儿子一块儿吃饭的机会比见五叔还少……看着杨寡妇越来越佝偻的背影,我心里有说不出的凄楚。

送我上车的侄女,突然趴在车窗上说:"叔,你的剧本就写五爷吧!"

我点点头。

乡下姻缘

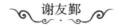

谢友鄞

城市里的赖子，一般很年轻，十六七，二十郎当岁，过三十，就有点老不正经了。农村年龄跨度大，四十岁以里的"高草"不少。他们一般很瘦，脸色灰土土，不是酒色过度，而是营养不足。"高草"们的品行，主要是：

（1）游手好闲。

（2）有一个敢花仨。

（3）顺手牵羊。

（4）"高草"们的媳妇都挺俊——这是个至今让我奇怪的现象——可他们浪荡在外，照样拈花惹草。

（5）重大礼。"高草"们倒背着手走路，鼻孔朝天，牛哄哄，遇见乡官，哼都不哼一声。若碰见另一棵"高草"，便麻烦了。明明白白大道，他们俩都走在正中间，谁都不给谁让道，肚皮蹭肚皮，脑门顶脑门，天无二日，街无二凶，一山容不得二虎，一个槽子拴不住俩叫驴，经常是打得鼻青脸肿头破血流。但"高草"们遇见长辈人，准会把一双手拿到前面，抄进袖筒儿，缩脖拱肩，"爷们儿、爷们儿"叫得热乎。

（6）侠义心肠。遇马车陷住，"高草"弯下一条腿，搁肩膀扛住后辕，卖力地往上拱。老板"咔咔"甩鞭，"驾驾"吆喝，马车"呼"地冲出去。车老板趁势朝前赶，连个"谢"字都没扔回来，顾不上啊。"高草"却急眼了，撵上去，一步蹿上车，将车老板从前辕座上拎起来，一顿胖揍，踹断鞭杆，寻思寻思，还不解气，把马车掀翻在路边。

村长说："不得了！得给这小子说房媳妇儿了，泄泄他的邪火！"

"高草"听村长的话，骑上马，去邻村相亲。女方家在盖新房，乱马营哗。"高草"撸胳膊挽袖，蹿上房顶。下面的人挖起一叉叉干泥，连叉子带泥撒上

去。这活，讲究准头。叉子尖迎面射上来，房顶上的人，侧身接住叉把儿，腕一抖，将泥扣在房顶上，瓦匠赶紧用瓦刀将泥抹平。"高草"却不躲不闪，正面仰身接叉。下面喝叫："好！""高草"把空叉扔下去，身子一蹲，双手高举，抓住飞上来的又一支泥叉。在阵阵喝彩声中，"高草"腾挪闪攒，脚下秫秸越蹬越薄，恰巧在两根檩木中间，踩出个窟窿，"忽隆"一声，连人带叉子竖直地出溜下去……

"高草"掐着腰，疼得咝咝呵呵，从没上门板的新房走出来，在众人哄劝下，老实蹲在当院。这家的姑娘乐屁了！她比"高草"大3岁，模样儿丑，身板壮。姑娘给"高草"轧荞麦。三百多斤重的夫妻碾盘，姑娘自个儿推得隆隆转，一对奶子颠颤，一双大脚板刮喇刮喇响，"高草"瞅得目瞪口呆。

荞面蒸饺端上岗尖一盆，姑娘盘腿坐在"高草"对面，给他舀酱油，掰蒜瓣，说："狠点造，甭给我剩下。"

这地场，祖祖辈辈，男人吃饭，女人不上桌。姑娘吃大蒸饺，咬紫皮蒜，腮帮鼓涌，嚼磨声吓人。"高草"的筷子，碰得碗沿吱吱颤。姑娘剜他一眼，笑道："吃呀。甭抹不开！丑妻近地家中宝。嘻嘻！"

"高草"垂头丧气地爬上马背，出村后，受了刺激似的纵马疯驰……

"高草"走进村长家。村长正盘腿坐在炕上喝酒，说："小子，回来了？"

"高草"问："有没有我的份儿？"

村长说："没有我的也有你的。"

"高草"上炕，抱起坛子，给自个儿倒酒，酒流子汩汩响，酒香四溢。两三碗下肚后，"高草"脑袋摇晃起来，说："村长，你是功臣呀。"

村长乐得嘴巴合不上："小子，成了吧？你这号姑爷，大白天打着灯笼都难找。喝，喝，喜酒！"

"高草"嘿嘿傻笑，和村长喝得昏天黑地。村长醉得睁不开眼睛，感慨道："当个干部，容易吗?！""高草"把酒碗一撞："干！妈的，这个世界谁容易呢?！"

女人的三把刀

我向来以为我不是男性却大气。以我的眼光看，女人魅力库里，有三把温柔的刀：

第一把刀是容貌。比如眉眼，眉是绿山聚，眼是清水横，眉眼荡动时，青山绿水长。第二把刀是权财。若姑娘说，今天的烦事儿，我替你平了。呵呵，她在男人心目中的形象不会渐渐高大？第三把刀是态度。"媚态入骨"的"态"，"气度销魂"的"度"。态度是性灵，也是才情。

既是刀，就能快刀斩乱丝，更能让男人魂牵梦萦。但，容貌不如权财，权财不如态度。容貌不足持。权财也无千日红。落到最后的，还是态度。

女作家张爱玲有段经典：见了他，她变得很低很低，低到尘埃里，但她的心里是欢喜的，从尘埃里开出花来……执子之手，与子偕老，亦如一束神经被燃烧，纠结于我的心尖。即便是短暂的相携相伴，耳畔也唯有海风拂着，雨点浸着。

儿子高三时候考上了哈佛大学，且有全额奖学金，我开心之余觉得这些年的付出是很值得的。

紧锣密鼓办理签证时，警察敲门而入，说那个男人因涉嫌诈骗被网上通缉，说那个男人目前被刑警捕获，说那个男人交代曾经用骗来的款还了欠我的 5 万块钱。我察觉到我心底里一丝丝疼痛正在泛滥，渐渐地通体都是凄凄惨惨戚戚缠缠绵绵糊糊的东西。与其说是在宣泄、倾诉悲哀，莫如说是在打造、把玩怨愤。无可名状又沁入骨髓的疼痛、无奈、寂寥和悲凉，似是对已逝的韶华和男人的缅怀、伤感和憎恨。

我说，是的，我曾在离婚前为他借过 5 万块钱，他声称是要自己办公司。可最后，钱是一去不复返，公司也一直不见踪影。离婚后，他就玩失踪了，怎可能还我的钱？请你们告诉我，男人是在哪儿被抓住的？

　　警察说就在本市的城郊村庄,他和一个女人同居了,生有一女。

　　我尴尬。男人近在咫尺,却不闻不问我们儿子的生存状况。好在我的儿子很出息。于是,我说我不会落井下石,但也不会再承受诬陷。他这样说,唯有一个目的,就是希望我这辈子将他照顾到底,否则就要黑死我这个有点权有点钱更有点态度的贤惠美女!我肯定不会再就范了。

　　警察一脸狐疑,走了。

　　我开始低调,非常低调,甚至处处隐瞒儿子出国留学的消息。因了男人的犯罪记录,如果再有小人告发,必定影响优秀儿子的前途。现实中,若直系亲属有犯罪记录,原则上是不允许出境的,起码也要等到结案再说。

　　检察员也来质疑了,我依然实话实说,说男人这样交代,唯有一个目的,就是希望我这辈子将他照顾到底,否则就要黑死我这个有点权有点钱更有点态度的贤惠美女!我肯定不会再就范了。

　　检察员也一脸狐疑,走了。

　　我绝口不提我和男人的恩怨,我更不会告诉儿子,只是告诫沉浸在出国留学亢奋中的儿子要低调、低调、再低调。我只能要求却没理由,因为我不希望儿子的纯净心灵被自己的亲生父亲所玷污。

　　我不知道我还能坚守到何时,但我唯一的信念就是:小人,只能伤害到我一个人!

　　终于,儿子的签证拿到了。虽然还有一个月才开学,但我还是提前订好了机票。首都机场国际出发处,我对儿子说:"先过去,儿子你有天高任鸟飞的天地。要知道,一个人一辈子都不能有污点的,否则你就永远不能去实现你宏伟的人生目标了。要牢记妈妈的话。"儿子诡异地笑了,说:"老妈您就放心吧,我绝不会让我的人生有污点。"

　　一回到我的城市,我就找到了办案人员,我说我不想见到那男人,但请你们捎句话给他——我会带好我儿子的,请他放心。

　　想不到我的破釜沉舟有了奇效。

　　5 年过去了,我不再被讯问被询问,更没见到法院的判决书。骨肉亲情成了男人魂魄深处的软肋,我感到了男人心间那份尚存的柔情。

　　清凉的月儿射入绰绰幽光在墙壁上,貌似男人的影子。我奔上去,紧紧抱住,似乎听到了他低沉、纯厚而沙哑的嗓音,仿佛又一次瞧见了初恋时男人的魁梧背影,至于说的内容,已不再记得,记忆中显示的总是过去那种心灵上的曼妙感觉。

和机器人谈恋爱

卜 伟

作为资深的大龄剩男，免不了相亲的经历，见面的各式女性颇多。这里面有爱看《铠甲勇士》和《天线宝宝》的九〇后单细胞女生，有盘算如何最大节省开销在市区买一套三居和宝马的八〇后物质青年，以及离异独自带10岁女儿、每次见面就骂前夫不忠进而怀疑任何男人的七〇后单亲妈妈。总之一句话，这些都不靠谱，直到我遇见了李多多。李多多的年纪已经过了30了，不仔细看的话你依然觉得她很年轻。要是眼神好，她眼睛下面浅浅的鱼尾纹和脖子上的皮肤就把她真实的年龄暴露了。好在我眼睛近视的比较厉害。所以，李多多在我眼里就是一美女。

李多多在一家公司管后勤。那么大的一个公司，老板放心地把后勤这一摊子烂事全交给李多多，主要是李多多做事细致，做任何事都有规划，把任何复杂的事情都能梳理得井井有条。因此，她深得老板信任。和李多多谈恋爱半年多了，就一个感觉，"靠谱"。今天是周末，我约她晚上吃饭。李多多问，中餐还是西餐？我说，中餐。上次我们吃牛排，我拉了两天肚子，西餐不是我这个粗人能享受的。李多多又问，餐馆订好了吗？我回答，没有。李多多教训我，你做事就没有规划，先去订好餐馆再打电话给我，否则，我的日程表上晚饭在哪里吃的就没办法记录了。过了几分钟，我订好了餐馆打电话给她，她问吃什么菜你安排了吗？我说，这到那里再点不就可以了。李多多继续训我，那怎么可以？到了饭店再点菜，一点准备也没有，能吃好吗？于是，我先到饭店点好菜，又继续向她汇报。李多多嗯了一声说，饭后干什么？饭后干什么？我想干什么你倒是能答应呀？从认识李多多开始，她就给我上紧箍咒："你要有耐性，没和你办事之前，我是不会和你办事的。"这话外国人听了一定崩溃。外国人只是肉体上的崩溃，我是精神上的崩溃。但

这更加证明这个老姑娘"靠谱"。李多多说，要不，饭后我们去玩真人 CS？我赶紧回绝，怎么又玩这个游戏？恐怖组织都消灭得差不多了。我建议，我们去看看场电影吧，好长时间没去影城了。李多多答应了，但她又补充一句："看一半我就要回家，我 10 点之前必须睡觉。"

就这样和李多多不咸不淡地谈了一年，我总觉得缺点什么，就像一碗汤没有放味精或者盐一样。李多多和我像是有心灵感应一样，她主动和我说："你是不是觉得我们之间好像少点什么？"我说："好像是的。"李多多一边和我说话，一边打开了随身带的手提电脑："你看，电脑里说，如果恋爱时缺少浪漫，两个人不妨找个地方去旅游。"

电脑里说得简直太对了。于是，我们两人就找了个远地方去旅游。住在一间靠海边的房子里，要多浪漫有多浪漫。李多多先是换床单，然后在房间各处消毒。忙完这些后，一轮明月就升起在海面上。李多多说："你听好了，各睡各的，没办事之前，我是不会和你那个的。"我赶快说："知道知道。"李多多看书，我看电视。10 点到了，李多多说："睡觉。"我赶忙关了电视关了灯躺在床上。

李多多在被子里发出不知道是哭声还是笑声的奇怪声音。我开了灯，看见她正在笑呢。我说："你怎么啦？"李多多说："书上刚刚说，睡前一吻也是增进恋人感情的法宝呢。"然后，她把眼闭着，把嘴撅了过来。我也把嘴撅起来，两人像是举行一个什么仪式。这太滑稽了，我忽然笑了。李多多睁开眼，瞪着我说，你抽什么风，然后又闭上眼。我的嘴已经几乎快要靠到她的嘴的时候，她忽然睁开眼，吓了我一跳："等等，吃块口香糖。"嚼完口香糖后，我兴趣全无，勉强把仪式举行完。李多多说："怎么没有一点感觉，你呢？"我脱口而出："我有感觉，感觉就像植物大战僵尸！"

快乐的马车夫

江　岸

青龙街的叶冬华老太太，轻易不出门，只要一出门，在碰上门锁之后，还要在门外再挂一把锁。怎么回事呢？老头子陆延鹤一旦自个儿摸出门，就找不到回家的路了。

这天，叶冬华买了菜回来，看见大院门口站着一位老太太。老太太冲她笑了笑，问她："请问这位大姐，陆延鹤先生住这儿吗？"

"你是……"叶冬华沉吟着。

老太太高兴地说："看样子，你就是嫂子吧？"

叶冬华点了点头。

老太太伸过手来，在叶冬华胳膊上抚了一下，赶紧说："我可不是外人，我是他高中同学，几十年没见面了，顺便看看他。"

叶冬华笑了笑，叹了口气说："恐怕他认不出来你了。"

"怎么啦？"老太太有点吃惊。

叶冬华说："到家看看就知道了。"

老太太跟着叶冬华，进了门。客厅里，一个高高胖胖的老头儿蔫巴巴地站着。老太太想，这个木呆呆的老头儿是谁呢？怎么不见延鹤呢？在她心目中，延鹤一直就是那个跳《马车舞》的青春鲜活的延鹤。

老太太目不转睛地盯着笨熊似的老头儿，心想，这就是我日思夜想的延鹤吗？这就是那个跳《马车舞》跳得又高又飘的潇洒快乐的马车夫？可是，这怎么可能呢，这老头儿身上哪还有半点延鹤的影子？她想走过去，走到他的身边，可是，他似乎看都未看她一眼，或者说看到她了，和没有看到一模一样。她就钉子般钉在原地没动。

叶冬华走过来，碰碰她说："你快进来，坐下歇歇呀。"

老太太走到沙发边,坐下来,叶冬华挨着她坐着。叶冬华挽着她的胳膊,笑着说:"我没猜错的话,你就是林玉枝大姐吧?"

老太太一愣,反问道:"你怎么知道?"

叶冬华指了指老头儿,忍俊不禁地说:"从前他哪回和我吵架,都要提到你,后悔这辈子没娶你,倒霉的是娶了我。"说着,叶冬华的脸寒了下来,幽幽地说:"现在可倒好,你来了,他成这样了。"

"他怎么了?"林玉枝着急地问。

"唉,痴呆了。"叶冬华说。

两个老太太沉默了好一会儿。

林玉枝瞥了陆延鹤一眼,缓缓地说:"都老到这份儿上了,我也不瞒了。那时我们是好过一段,还海誓山盟呢,可毕业后天各一方,只能分手。延鹤后来被打成了右派,我想回来看看他,我们家那位不让,说我敢回来看延鹤,就和我离婚。我们都是同学,我没办法。上个月老头儿心肌梗死,不在了,我才敢摸回来。我不看看延鹤,死不瞑目啊!嫂子,我这样说话,你不吃醋吧?"

"他都这样了,我还吃啥醋啊。"叶冬华苦笑笑。说着,叶冬化将陆延鹤搀过来,扶到沙发上坐着。她大声说:"老陆,你念了半辈子的人来了,你们好好说说话。"

叶冬华和林玉枝憋不住,一起嘿嘿笑起来。

林玉枝大大方方地拉着陆延鹤的一只手,问他:"延鹤,你还记得我吗?"

陆延鹤不回答,眼光空洞地照一照她。

林玉枝喃喃地说:"他过去是我们班里最帅最帅的……"

林玉枝情不自禁地回想起那次跳《马车舞》的情景。在那次市里组织的慰问苏联专家的晚会上,他和她们表演了乌克兰民族舞《马车舞》。在悠扬的手风琴声伴奏下,随着碰铃有节奏的脆响,大红金丝绒幕布一拉开,他,一个快乐的马车夫,赶着马车出场了。扮演马车的是她和另外三位姑娘。她们穿着红裙红衫,手持象征车辕的大花环,胳膊上挽着系有铜铃的彩绸,脚穿半高筒硬底靴,踢踢踏踏地跳起来,跳得无比热烈欢快。他手持缀满花朵的长鞭,飞翔一样跳起来,两腿像是装上了弹簧,在空中绷成一条直线。台下的观众席里爆发出了如痴如醉的掌声。他在掌声的激励下一遍遍跳啊跳,跳得一次比一次高,一次比一次飘,掀起了整个晚会的高潮……

想到这些,林玉枝似乎回到了如火如荼的青春年代,忍不住轻声哼唱起来,那明快激荡的旋律几十年没哼了,哼起来,仍是那么的流畅。哼着哼着,她听见一声嘶哑的附和声,扭过头一看,陆延鹤的嘴唇正一张一合呢。她又看看叶冬华,叶冬华的眼睛亮了一下,冲她点点头。

　　林玉枝提高了声音,继续哼唱着,双脚踢踢踏踏地叩着地板,手指有节奏地敲着茶几,客厅里一下子像是有了一台戏。

　　这时候,林玉枝和叶冬华惊讶地看见,陆延鹤的双腿有了一下一下的节奏感极强的颤动,他的一只手伸出来,指头弯曲着,向茶几敲去。

甜豆花，咸豆花

闫玲月

她为他端来了一碗豆花，白白的，滑滑的，甜甜的，之后就把身体埋在沙发里继续看她的电视连续剧。

他盯着豆花，懒懒地拿起小勺，一口口吞下去，甜得嗓子里发腻。

她正看得津津有味。

他点燃一根烟，呛得她咳嗽起来。

怎么开始吸烟了？她眼睛一翻。

太腻了，换点口味。他轻轻答。

辣辣的烟草味让他陶醉，仿佛又品到了两年前的豆花。

那是个雪花漫天飞舞的早晨。在一个只有四张桌的豆花小吃铺里，他是第一个顾客。

他跺着脚，搓着手，要了一碗豆花和两根油条。一双细滑白皙的手端来了一海碗热腾腾的豆花，上面滚着红红的辣椒油。顺着这双手，他看到了一个姑娘笑盈盈的大眼睛，眼里的微笑驱走了他满身的寒意。

或许太饿，他狼吞虎咽地吃起来，额头上不断冒汗，眼角也淌出了泪，嘴里不停地发出啧啧声。

姑娘咯咯笑着对他说："慢点吃，看你辣的，"顺手递给他一条白毛巾。

他边擦边说："没想到北方的豆花是咸辣味，我们南方的豆花是甜甜的。"

姑娘睁大眼睛说："还有甜豆花？真想去尝尝。"

他摇头说："冬天还是吃你这豆花够味，感冒都治好了。"

顾客渐渐多了起来，姑娘在小小的铺子里忙碌着，粉红色的毛衣裹着丰满的身体，宛如严冬里的腊梅俏丽绽放。

他每天都穿过马路来这里吃豆花，每次姑娘都给他递过来一条干净的白毛巾，散发着淡淡的皂香。

公司派他到这个小城开展业务，跑完业务后他就来铺子里坐坐，慢慢和姑娘也熟识了。姑娘母亲早丧，下面有个弟弟还在上学，为了减轻家里负担，高中毕业后就开了这个铺子。因为父亲还在别处开着电器修理部维持一家生计，平时只有她一个人打理铺子。

姑娘不忙时就为他沏一杯热茶，然后拿出编织针坐在那里织毛衣，编织针在姑娘的手指间灵巧地穿梭，他镜片后的眼睛也在姑娘的手上身上游走。他给她讲跑业务的辛苦往事和南方的美景美食。姑娘听得入迷时就抬头望他，他笑着逗她说干脆以后嫁到南方好了，既享眼福又饱口福。姑娘羞红了脸，像红红的炉火，烧得他全身发热。

两团火燃烧了寂寞的冬夜。他俯在姑娘耳边说你就是我百吃不厌的豆花。姑娘紧紧贴着他的胸膛说那你就吃一辈子我的豆花吧。

整个冬天，他被豆花裹得有些透不过气，他盼着春天早点到来。

春天来了，他像候鸟一样飞走了，只不过他的迁徙方向是由北往南。

他穿着姑娘亲手织的毛衣，带着姑娘做的一保温瓶豆花，载着姑娘的体温和余香踏上了返程的列车。他发誓说会回来接走姑娘，带她去南方圆梦。姑娘的大眼睛水汪汪亮闪闪的，照得他不禁打了个寒战。

列车还没到站，他迫不及待地脱去了厚重的毛衣，这边的气温太高了，他换上了短袖衫。吃了一半的豆花也酸了，他连保温瓶一同扔进了垃圾筒。

回到南方的日子里，他又吃起了甜豆花，还恋上了如豆花一样甜腻腻的江南女子，包括她的嫁妆。

每天吃着甜豆花，他突然感到味觉麻木了，吃什么都索然无味。他是多么强烈地渴望再吃回辣辣的咸豆花。多少个梦里，一碗碗咸豆花幻化成姑娘的一张张笑脸围着他飞转。

在一个飘雨的傍晚，他终于回到了阔别两年的小城。烟雨中他怎么也找不到当年的豆花小吃铺，细细辨认后才发现那里已经醒目地鹤立起一家大酒楼。他失望地走着看着，附近一家同名的小吃铺子让他眼前一亮。

他犹豫地推开门，迎面走来的老太太问他要点什么，他点了豆花。

见店里人少，他就同老太太打听原来那家豆花小吃铺的去向。老太太告诉他，那个豆花小吃铺的姑娘把铺子盘给她后，一个人带着孩子去南方找什么甜豆花了，还莫名其妙地恳求她一定要保留原来的铺名呢。

　　老太太端来一碗白白的豆花就到后厨忙去了。他抖着手送进嘴里一勺豆花,什么滋味都没有,他又放了一大勺辣椒油,再吃一口,顿时泪流满面。

如盐女人

闫玲月

程飞时常问自己，到底哪根筋搭错了，娶了夏草。

夏草？还冬虫呢！程飞初听这个名字，差点笑出声。眼前的夏草，全身上下显不出应有的价值来，扎着一条马尾辫，浓黑的眉，细细的眼，不施粉黛的脸。腰身还算匀称，可被一件灰色外套罩住，整个人就少了生气，宛如路边随处可见的水泥杆。

夏草，在女人世界里就是一棵无名草，没有花香，没有月貌，很少被男人睬一眼。程飞也不想睬，偏偏还是采回家了。谁让自己那时是三无男人呢，无房无车无存款，能把一个有正式工作的城里女人采回家，就是老天眷顾了。母亲对这个媳妇是相当满意的，女人嘛，居家过日子才是最主要的，看夏草的模样就知道是个过日子好手。母亲还求人看过，说夏草有旺夫相。程飞不信那个邪又没办法，眼瞅着同学同事一个个筑起爱巢卿卿我我，心里不免发酸发涩。毕竟是奔三的人了，管她是花是草，抓一个先暖暖窝吧。

房子有了车子有了，存款数也突飞猛进，程飞苦熬几载，守得云开见日了。转眼瞧瞧夏草，还是顶着黑漆漆的马尾辫，与满世界红头发黄头发显得格格不入。那张并不生动的脸缺少了化妆品的滋润，更是让人懒得一顾。浓黑的眉毛像两条虫蛰伏在眼上方，反衬得两只细眼似睡非睡。

人靠衣裳马靠鞍，如果夏草能重塑一下自身形象，没准还看得过眼。于是程飞经常把票子甩在她眼前，要她身上多点女人味儿。夏草笑，小心收起票子。第二天，家里的餐桌上就会多几道名贵菜肴，口味一点不比大饭店差，母亲吃得赞不绝口，但夏草的化妆台大衣柜还是没见任何改变。

女人味儿，看来是天生的！程飞无奈地得出结论。

夏草就是一个机器人，程飞回到家，她会第一时间端茶端菜端洗脚水。

111

在床上亲昵,她也是一个听话的机器人,任程飞摆布。按说能娶到这样的女人也不错了,可程飞不这样想,女人嘛,要既温柔又有媚骨,风情万种,才能让男人魂牵梦绕。夏草这样的女人,程飞做梦都不希望遇到她。

守着一个机器人过日子实在是味同嚼蜡。程飞从看到尤小凤第一眼起,心思就飞出身外,眼睛仿佛两枚铁钉,被尤小凤这块磁铁牢牢吸住,再也拔不下来了。

尤小凤是来应聘总经理秘书的,那张脸蛋是多么精致啊,如果把夏草的脸比作土陶,尤小凤的脸就是细瓷。纤细的眉毛弯如新月,水汪汪的双眸秋波荡漾,酒红色的发丝盛开出一朵朵浪花。身体包裹在一袭低胸短裙里,要挣脱衣服的束缚似的,完美的曲线,幽兰的气息,如海啸般冲撞着程飞的心窝。

程飞是个男人,成功的男人。尤小凤是个女人,柔媚的女人。是程飞的成功俘获了尤小凤,还是尤小凤的柔媚俘获了程飞,已经无关紧要。关键是程飞在尤小凤身上发现了苦寻多年的女人味儿。看尤小凤化妆是一种视觉享受,与尤小凤翻云覆雨更是身体与精神的双重欢娱。

女人味儿,就如美酒,绵软醇香,回味悠长,令男人爱不释手。程飞品着,醉着,幸福地流连在尤小凤的女人味儿里。

程飞舍不得让尤小凤受委屈,他把尤小凤由秘书升任为太太,把夏草降为前妻。

尤小凤的女人味儿越来越浓,千元一件的衣裙在床上沙发上随处可见。浓郁的香水味充斥着家里的每一个角落。程飞被她的女人味儿紧紧包围着,有点晕有点喘不过气。

那个家除了浓郁的女人味儿,没一点饭菜的香味,甚至连一杯白开水都没有。尤小凤怕油烟味夺走这个家的女人味儿,不下厨不开灶,每天都要程飞带她去餐馆吃饭,吃得程飞反胃。他现在害怕回家,宁肯多在路上吸点汽车尾气,也不愿回到那个浓香四溢的家。

尤小凤怀孕了,仍香气袭人,程飞怕对胎儿不好,劝她暂时别用香水啊化妆品的,尤小凤笑问,难道我会为一个还没成人形的胎儿改变自己吗?程飞第一次发现女人味儿十足的尤小凤居然这么冷。尤小凤私自打掉了胎儿,谎称意外流产,让程飞的心跌进了冰窟窿。

分手的代价是昂贵的,程飞的肉痛,可心总算解脱了。

程飞拿出钥匙,尝试着打开从前的家门。门开了,锁没换。一切如旧。

门开的刹那，一股久违的味道飘进鼻孔，那么熟悉那么陌生。程飞的眼眶湿了。

夏草正在厨房忙碌着，见他回来，递上他的拖鞋，送上一杯热茶。

菜上桌了，青菜鲜亮，肉香扑鼻，程飞禁锢已久的食欲终于重见天日了，他迫不及待地伸筷夹菜入口，嚼了一下，顿住，又嚼了两下三下后，费力地咽了下去。

夏草盯着他问，味道如何？

程飞挤出一丝笑说，看着好，吃着没滋味，你是不是忘了放盐？

夏草轻笑，顿顿吃盐，我怕你吃腻。

程飞接口道，可是一顿没放盐，这菜就没了滋味。

程飞放下筷子，咂摸着，原来最有味道的就是最平常的盐啊。

眼前的夏草，就是个如盐的女人呢，离开她，整个家也就没了滋味！

婆婆的爱情

孔爱丽

　　婆婆在乡下,厨房是一间低矮的窄门窄窗的小屋,黑黝黝的,每逢做饭都充斥着烟雾,让人泪流不止。为此,我断言,公公一点也不爱婆婆。

　　婆婆笑着说:"我咋一点儿也没感觉到熏眼。"我说:"那让我爸试试,让他连着待在里面做一天饭。"婆婆说:"哪有男人进厨房的?"

　　公公在一边不说话,就着少许菜丝,眯着眼睛喝他的小酒,"滋滋"响。不一会儿就有了醉意,开始对着电视剧大骂。婆婆轻轻用手推推他,他根本不听,又开始骂婆婆。婆婆只是对着我笑,看你爸又喝多了。

　　喝多了的公公不知道吃饭,眯着眼睛醉态十足地躺在椅子上。婆婆把饭菜端到他的跟前说,喝点粥吧。公公眯着眼睛喝了一碗粥,倒床上睡了。婆婆赶紧又把水端过去,喂公公喝。据说这样的情景一天上演两次,因为公公这个酒瘾。婆婆说,除非她不能动了,才会搬去城里和我们一起住,否则都不得安宁。

　　有一天,婆婆真的病了。出了院,公公婆婆就住在了我们家。稍微恢复了一些,婆婆就开始做饭。公公在一旁指挥,中午拌两根黄瓜,婆婆就拿来两根黄瓜;弄点花生米,婆婆就弄点花生米;整块豆腐,婆婆就整块豆腐。有一次,晚饭都做好了,公公说要喝面汤,婆婆赶紧再去下面条,慢了一些,公公生气了,就骂。婆婆笑着说,马上就好,马上就好。

　　公公依然一天两顿小酒,醉意蒙眬地说些不知所云的话,或者猛然间就骂人,婆婆就在桌子底下用手悄悄捅他,他就转而骂婆婆。我们看不下去,就开始和公公吵。公公使出了他的杀手锏,往床上一倒,不吃了不喝了,还要离家出走。

　　吓唬谁啊?你讲不讲理啊?喝醉酒就可以为所欲为啊?要走你走啊。

公公说:"半夜三更我去哪儿啊?我要走,明天走。"然后转脸看着婆婆,"你和我一起走。"婆婆说:"要走你走,我不走。"

然后,婆婆拉我们到一边去说,你爸喝醉了,别和他一般见识。

我说:"都是你惯的。你不知道,这样的气氛会对孩子的个性造成多大的影响。"

婆婆说:"都喝一辈子酒了,咋办?"

"改!不能因为个人的嗜好伤害一家人。"

婆婆开始抹眼泪,把粥端在公公床前,公公喝了,婆婆去刷碗。

公公酒醒了。我对公公说:"妈一个病人,不知道能活多久,你们几十年的夫妻,你忍心这样对她吗?酒你必须少喝。不是为了你,也不是为了我,是为了这个家。"

公公开始减少酒量,一次减少一小杯,从经常醉减少到偶尔醉。婆婆觉得公公受了很大委屈,对他疼爱有加。

小区外面的公园景色很美。公公和婆婆经常一起去散步。婆婆拿着小马扎,他们并肩走,感觉累了,就停下来,婆婆将小马扎往地上一放,公公坐上去,婆婆站在旁边。歇息一会儿,公公站起来,婆婆拿起小马扎,继续往前走。

有时候,他们也骑电动三轮车。出门之前是公公骑着,走不多远就换成婆婆,回来的时候,快到家了再换成公公。我无意发现了这情形,便说他们。婆婆说,哪有这事?我们摇头叹息。

然而,有一天,我们正在上班,忽然接到电话说,婆婆的房颤犯了,正在医院呢。我们立马开车赶过去。公公已经带婆婆做完所有的检查,在治疗室输液。公公拿着一本杂志,读给婆婆听。婆婆安静地躺着,脸上泛着红晕,幸福得就像恋爱中的姑娘。

爱的延续

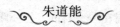

朱道能

一场迟到的秋霜,凋零了院里的最后几片树叶。妻子也像片枯叶一样,静静地躺在床上。

丈夫急急忙忙叫来了村医。村医翻了翻眼皮,号了号脉搏,连药箱都没有打开,只是摇了摇头,低低地说了一句:"这次真的不行了,快准备后事吧!"

这样的话,丈夫两年前就听过,说这话的是城里的医生:"这病已经是晚期了,如果做手术,还能支撑个一年半载的,但要花费几万元,不做就赶快准备后事吧!"

妻子一把拽住丈夫,头也不回地往外走。走出医院,两人忍不住蹲在地上,抱头痛哭。

日暮时分,他们在村口的河边洗了脸,然后,微笑着向三个张望的孩子走去。

第二天,妻子说:"从今天起,我教你做饭——"

丈夫愣怔了下,点点头。

妻子说:"穷日子要富着过,粗茶淡饭也要做出滋味来。想法让伢们多吃几口饭,他们正长身子骨哩……"

于是,妻子就靠坐在椅子上,事无巨细地教起丈夫来。

"每顿饭挖一瓢米,太多了,吃剩饭。太少了,不够吃。"

"切菜时,手指贴着刀口一点点退。退得快了,菜就粗了,吃着不顺口。"

"炒菜时,要把油烧红了再下锅。旺火勤翻,起锅放盐。"

……

丈夫嗯嗯地应着,手中拿着轻巧的刀铲,却像是在使唤一头不听话的牯牛，尽管憋得满头大汗，还是把饭煮得夹生了，菜炒得焦糊了……

妻子就嗔怪道："看你笨手笨脚的样子，啥时候才能学会呢？"

丈夫嘿嘿一笑："不着急，你慢慢教，我慢慢学，总有学会的一天！"

妻子叹口气："我等不及啊——"

白天教丈夫做饭，晚上在煤油灯下，妻子又教他缝补衣服。

妻子说："老话说：大手大脚混日子，缝缝补补过日子。日子再穷，也不能让伢们穿着露肉的衣服出门……"

丈夫连连点头。

"记住了，燕儿是女伢，爱美，能不用补丁的，尽量不要用。"

"大强、小良是男伢，衣服破得快，补丁用得多。别忘了，补丁的布，一定要挑颜色相近的。别像贴块膏药似的，让别人笑话他们。"

……

丈夫一边听着，一边用拿惯锄头犁把的大手，笨手笨脚地捏起一枚小针，眯着眼，从穿针引线学起。

当丈夫把吭哧半天才补好的一块补丁，拿给妻子看时，听到的却是一声叹息。

丈夫挠挠头皮，把补丁拆开，说："一回生，二回熟。你慢慢教，我慢慢……""学"字没出口，丈夫却"嗞"的一声，缩了一下手。

妻子一把拉过丈夫流血的手指，放在口里吸吮着，眼泪便滴在丈夫的手背上。

丈夫却在笑："你瞧我，是不是比咱家的猪还笨啊？"妻子"扑哧"一笑，丈夫又很认真地说："我现在才明白，咱们家真的一天也离不开你！"

就这样，妻子教，丈夫学，不知不觉中，两年的光景就过去了。这中间，妻子曾经倒下了几次，但每次都在村医"恐怕不行了"的预言后，又顽强地活了过来，重新出现在厨房里，油灯下……

看着气若游丝的妻子，丈夫知道，这次妻子是真的挺不过来了。于是，泪水一下子就盈满了眼眶。

村人闻讯赶过来，看着妻子深陷的眼窝里一双直直瞪着的眼睛，一位老人叹气道："唉，这伢放心不下，就是不肯咽下最后一口气啊！"

丈夫便俯下身，贴着妻子的耳朵，说："你放心吧，我会把孩子带好的……"

妻子依然直直瞪着眼珠子，一动不动。

突然，丈夫站起身，径直去了厨房。随后，便传来了丁当声响。

一会儿，在众人疑惑的目光中，丈夫端来了一盘热气腾腾的小菜，放在妻子鼻子下："你闻闻，我刚做的菜，香吗？要不，让孩子们尝一尝——"

于是，三个孩子含着泪水，品尝着父亲的手艺，齐声道："嗯，好吃。跟娘做的一样好吃，娘，真的！"

妻子的眼皮动了动，还瞪着。

丈夫又站起身，打开衣柜，拿出一件破衣服。然后在一片惊讶的目光下，娴熟地穿针引线，左缝右补。须臾间，一个针脚细密的补丁就呈现在妻子的眼前："你看看，我补得怎么样？"

妻子吃力地转动着眼珠，看看衣服，又看看丈夫，两行热泪，从眼角滑落到脸颊——这一刻，妻子终于明白过来，原来丈夫早就学会了做饭缝补，却一直装着笨拙的样子，让她原本已经干涸的生命，又燃烧了几百个日日夜夜……

从前

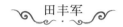

田丰军

我和妻子回到故乡的那个小村庄时,已是二十多年以后的事情。

二十多年的光景,我和妻不得不用陌生的眼光、从新审视小村发生的翻天覆地的变化:低矮的土坯房没了踪迹,取而代之的是一座座光鲜的红砖大瓦房;凹凸不平的乡间土路,转换成油光崭亮的柏油路……

我和妻漫步来到村口。

村口的那片小树林早已变成枝繁叶茂的大树林。

一种久违了的亲切感油然而生,我和妻身不由己步入曲径通幽的林内,轻抚树身,无限感慨!

二十多年前,我和妻初次在这里约会的情景便再次浮现在我的眼前……

我清楚地记得那是盛夏的一个夜晚。白天的燥热已经随同太阳一起隐去。那个夜晚的天气很好,无风。

透过树木的间隙,能够看得见天上的月亮。月亮不是很圆,但很明亮。

明亮的月光下,她比我还要紧张,头一直保持着微垂状,目光盯紧脚面不放,这让我无法看清她的脸面。她的两只手就没有离开过胸前的辫梢半寸,她在一味地不停地摆弄,完全没有要停止的意思。

事先我做好了充分的思想准备,而且我不止一次地预想过我和她约会的场景。

我们居住在一个村子里,而且我们两家离得很近很近。每一个黎明与黄昏,我在自家的院子里都可以看到她在她家门前晃动的身影。在我眼里,那身影正逐步由模糊变得清晰,由娇小变得苗条,进而不断地丰满起来。

虽然,小时候我们还在一起玩过,但随着年龄的不断增长,我明显感觉

到我们之间存在的那种男女之间的羞涩感,正悄然不断地加深加重。

夜晚,在这寂静的小树林里,这是我们的第一次约会。无法抑制的欣喜与狂跳不止的心不仅仅撞击着我的胸腔,而且殃及到我的大脑,大脑一片空白。事先的思想准备白做了,等于零。计划好的话语无处可寻,越着急越不知道自己该说些什么,该做些什么。

不知所措。

沉默,如同一幅画。

这幅画将我包裹,我被困其中。

我在努力,努力寻找走出这幅画的途径。

最终,我拿出男子汉的气概,鼓足了勇气,大胆地说出了第一句话……

当然,这是一个非常老套的约会场景。放在今天,它老得土得有些掉渣儿,但有谁能够说它不是真实的呢?

时光荏苒。

婚后,我就带着妻子南下过上了打工的生活。

在生活的艰辛与辗转中,我和妻子常常思念家乡,思念家乡的父老乡亲,当然,也会很自然地想起村口的那片小树林,在那里有属于我们的最美好的回忆。

与此同时,我和妻共同惦念着家乡的亲人是否安好,时常猜想家乡的变化有多大。村口小树林里的树木,应该有多粗了? 多高了?……

日子在我和妻的思念与猜想之中缓缓而过……

如今,我和妻子故地重游。

一棵粗壮的大树前,妻子望着我微笑着问:"你还记得当年我们第一次约会吗? 就是在这个位置,这棵树下,你站在这儿,我在那儿。"

"还记得你说的第一句话吗?"妻子又问。

当年的那个夜晚,我对她说:"你真美,让我亲你一下行吗?"

我的话让她措手不及,结果可想而知,她拒绝了。

这件事情现在想起来就好像是发生在昨天一样。怎么会不记得呢?!

想起这件事,妻子又笑了,笑够了,妻子小声地对我说:"当时你也真是的,想亲就亲呗,干吗还要问人家呢? 傻帽儿!"

妻子的脸有些红了。她好像又回到了我们初次约会时的少女时代。

听了她的话,我轻轻地叹了口气。

唉! 要是回到从前……

不可能回到从前啦！妻子摇摇头。

妻子的话很有道理，我们永远都无法回到从前啦！

这次，我和妻子回到家乡的目的主要是办理离婚手续的。

退亲

田丰军

小云捂着脸哭着跑了。

这样的结果在丙天的预料之中。

3 年前,小云的爸爸托付媒婆到丙天家提亲。

媒婆转达小云爸爸的意思:房屋不要一间,彩礼不要一分,同住一个村,谁家啥样、孩子啥样相互都是了解的。他嫁女儿图的是丙天这孩子人勤快厚道。两个人岁数小没有关系,先把亲事定下,占个窝儿。

丙天娘看了丙天爹一眼说:"要不和孩子商量一下?"

丙天爹说:"商量个屁呀。小孩子家懂啥?这个家我是爹!我做主了。"

没多久,丙天家备了一桌酒席,两家人聚到一块儿。便是定亲仪式。

小云特能干。家里面洗衣做饭,养猪喂鸡;在外面春种秋收,下甸子割草。农家活样样拿得起放得下。

很多人都说,丙天有福,媳妇能干。

丙天说:"要不是爹给我做主,我才不娶小云呢。"

爹把眼睛瞪大,说你不娶小云这样的,想娶啥样的?

丙天说,反正不娶光会干活的。娶媳妇只为了干活,还不如买头牛。

噎得爹没话说。

其实丙天喜欢善解人意的。有一次丙天试探地拉住小云的手,小云胳膊一抡,你耍啥流氓!说完就捂着脸跑了。气得丙天直咬牙。但这事他不敢说。

退婚的念头是突然间产生的。

爹知道后,指着丙天的鼻子狠狠地大骂了一通:"小子,你听好了,你要是敢把婚退了,这个家有你没我,有我没你。"

挨了爹的骂,退婚的念头并没有从丙天脑海中逝去,就像一旦一粒种子生了根,就无法阻止它生长。

丙天开始仔细地观察小云,看看小云有没有什么缺陷或者什么毛病。

17岁的小云个儿不高但也不算矮,不胖也不瘦。这些都是明摆着的,既然高矮胖瘦无可挑剔,就观察小云的其他方面吧。比如她为人处世了,说话了,走路了——还真别说,细心的丙天真就挑出点毛病来了。小云走路有点……唉!怎么说呢,就是不走直线,不晃屁股的那种。

丙天的话把爹气乐了。说:"你他妈的是老鸹落在猪身上了——只看见猪黑,没有看见自己黑。走猫步的女人是正经人吗?能死心塌地跟你过日子?"

丙天灵机一动,还有一个办法,就是让小云主动提出退婚,爹就无话可说了。可是这怎么可能呢?绝对不可能。

机会终于来了。

那天,丙天和小云在一块儿擦苞米秆儿。完事了,小云拍打着身上的灰尘。四周无人。丙天见状,一下子把小云推靠在苞米垛上。

如果按照丙天的计划去做,这会儿他应该装扮成一个流氓,疯狂地去亲吻小云,出于本能小云会拼命挣扎反抗,还应该抬手抽他耳光。过后,小云就会以他耍流氓为由提出退婚。

丙天期待的就是这样的结果。

问题是事态的发展没有按照丙天所想象的进行下去。

当丙天把双手按在小云的肩头,要吻她的那一刹那,他发现小云鹿一样惊恐的眼神在望着他。那眼神没有丝毫的怨与恨,恰恰相反,似乎含着一点渴望。小云的呼吸变得急促,胸脯开始起伏。丙天自己也明显地感觉到心跳加速,身体燥热,四肢无力。但是,丙天忍住了,他问小云:"你咋不骂我耍流氓?"小云说:"上次骂你耍流氓,我都后悔了。"

丙天的退婚计划再一次破灭了。

丙天还没有灰心。

他快刀斩乱麻,就这么定了——他写了一封信给小云,信上只有七个字:小云我们分手吧!于是出现了开头那一幕,小云捂着脸哭着跑了。

夜深了。

丙天不敢回家,也不想回家。漆黑的夜晚,他像幽灵一样在街上闲逛。

刚才他所做的一切爹还不知道呢,爹知道后会不会把他赶出家门?会

不会把他打死？就爹那脾气，气个好歹是避免不了的啦！

丙天又想到小云。小云一定在恨他，恨得无话说，只是默默掉眼泪。

好几次，丙天想去小云家窗外，他想偷偷看看情况。但又想到，要是被小云或是小云的家人碰到了怎么办？他犹豫不决的时候，有一个人迎着他，将他拦住。

那人说："我哪里不好呀？"

那人是小云，已成了泪人。

三十多年过去了。

有一次，睡梦中的丙天突然坐起来大喊："妈的，这个家我是爹。"

喊声惊醒了身旁的小云，小云忙对着他说："你是，你是，这个家你就是爹呢！"

飞短流长

刘正权
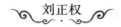

　　楚小燕的唇形很好看,好看得连女人都忍不住想在上面啄上一口,那一口是什么感觉呢,温润,温热,饱滑!

　　答案可以是多种!但这三种一定是每个人都能感觉到的,哪怕你的反应比原生动物还要迟钝!

　　一个容易引起飞短流长的唇呢!吴成义第一次看见楚小燕时在心里这么微叹了一下。

　　就一下,足以证明楚小燕唇形的杀伤力指数了,吴成义不是轻易微叹的男人。

　　换句话来说,吴成义一直觉得自己是可以波澜不惊的那种男人。

　　波澜不惊的出处在于吴成义曾在书上读过这样一句话,婚姻的难处在于我们是和对方的优点谈恋爱,最终却和对方的缺点生活在一起!

　　这话乍一听,调侃的意味很浓,但仔细一揣摩,却把吴成义吓出了一身冷汗。正是这一身冷汗,让吴成义对婚姻望而却步了。

　　一个不奢望婚姻的男人,对女人波澜不惊自然也在情理之中了。

　　和楚小燕的相遇,是在一个光线飘忽的炖汤店里,吴成义最近迷上了喝老罐炖的汤。

　　文火,清汤,把时光炖得飘忽起来,原汁原味的东西居然也可以飘忽的!当时吴成义就忍不住笑了一下,很书生意气的那种笑。

　　笑完了,吴成义才发现有双眼睛盯着他在看,吴成义就抬起了头,木质汤勺里飘着一双很澄静的眼睛。吴成义先看汤,汤纯白,像早上化不开的浓雾,偶尔有片姜会半沉半浮悬在汤中。

　　黑鱼汤,补脑的!这是汤里那双眼睛的主人在说话了,吴成义就顺着汤

勺往上看,看见了楚小燕正在为自己添汤。

楚小燕是炖汤店的厨娘!

而且是个脾气很怪的厨娘,她的规矩是,每天只炖三罐汤,早中晚各一罐,早上炖的中午用,中午炖的晚上用,晚上炖的第二天早上用。

吴成义喝的是早汤!

这汤里,有我昨夜的精气神在里面呢!楚小燕红唇微动,没来由地吐出这句话来。

一个妙曼厨娘,夜晚的精气神是什么样的呢?吴成义忍不住要在心里遐想一番了。

她一定是在更深人静时,执了蒲扇,挽了松髻,在半明半暗的炉光前面俯下身子,用一只手拢散在额前的秀发,另一只手轻轻搅动汤勺的!汤的清香和夜露的气息再夹杂女人的体香在炖罐上面严严实实地弥漫开来,偶尔,楚小燕还会用红唇轻轻吹一吹飘在汤上的浮油,间或也伸出嫩红的舌尖舔上一口试汤的咸淡,那应该是一幅可以入眼入心的中国画呢。

这么想着,吴成义就忽然有了一丝笑意,自己的舌尖原来可以通过这汤亲近楚小燕的红唇!这种亲近,若干年后回味起来,是很值得咀嚼的呢。

一念及此,吴成义又忍不住看了一眼楚小燕的红唇。

楚小燕似乎看出吴成义的心思来,再次红唇微动,你是来喝汤呢,还是喝汤里那张红唇?

吴成义就窘红了脸。

楚小燕嫣然一笑,说你晚上来吧,晚上我有空!

吴成义就很听话地起身,走了,那碗汤楚小燕把它收回去,搁在柜上。柜上通风,这样汤就不会失去成色,楚小燕的炖汤店不用冰柜。

楚小燕一直觉得,冰柜那么低的温度,会把一碗活色生香的炖汤给冰得没一点生气,失去生气的东西跟葬了有什么区别呢?

生活中,有些东西可以葬,有些东西则是不能葬的,比如生活,比如爱情!

楚小燕有自己的婚姻,但婚姻能跟爱情打恒等么?不能!楚小燕才三十不到呢,一个温温润润的年龄。

当然,也是一个飞长流短的年龄。

吴成义晚上去时,楚小燕正把那碗汤加热,翘首以待着吴成义的光临呢。

吴成义喝汤的姿势一点也不生猛,这点令楚小燕很是喜欢,汤是需要人品的,能品出一个女子柔美气息的那种品。

　　只有在那样的品位中,男人才会懂得欣赏女人。显然,吴成义是欣赏楚小燕的!

　　就在那摇曳的炖罐火光中,吴成义心中的微叹突然蹿出来和楚小燕的红唇撞在了一起。

　　果然是温润、湿热、饱滑的!

　　事后,吴成义问楚小燕,你干吗不拒绝我?

　　楚小燕低着头,笑,不说话。

　　吴成义又问,可以永远这样么?

　　楚小燕还是低着头,笑,但笑完之后却说话了,一个懂得美食的人,不会吃全熟的牛排;一个懂得爱情的人,不会许诺天长久的,你明白吗?

　　吴成义就明白过来,明白了就很努力地喝汤,汤里面有楚小燕的红唇。

　　娇艳欲滴的红唇呢! 却不是随便可以轻薄的。

马蜂窝

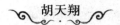

胡天翔

  1990 年暑假的一天,吃过早饭,我跟着大姐去村子的池塘洗衣服。我在水里摇来摆去地涤着大姐搓过的衣服,就听到对面的小树林里传来幽幽的口琴声。我知道是杨老师在吹口琴。那琴声沿着水面飘过来,听起来,却让人高兴不起来。

  大姐,杨老师吹的是什么呀? 我问。口琴,大姐说。大姐,杨老师用口琴吹的是什么呀?《梁祝》。房子上的梁柱嘛? 不是房子上的梁柱,是《梁祝》。《梁祝》是什么呀? 你不懂,别乱问。杨老师说不懂要问。他说的,你去问他!

  大姐把手里的衣服涤好,扔进盆里,站起来,端着盆子走了。大姐不理我也不等我。大姐的眼睛湿湿的,还像要哭的样子。奇怪不。

  大姐不说,那就去问杨老师。杨老师叫杨文化,是大姐初中的同学。就像大姐初中没有考上师范一样,上高中的杨文化也没考上大学(那时初中考师范和高中考大学一样难),代我们的语文课。村里人都说杨老师端的不是"铁饭碗"。去问杨老师,知道了《梁祝》是一个叫梁山伯的男子和一个叫祝英台的女子化成了蝴蝶的故事。去问杨老师,替杨老师给大姐捎信,私下把信拆开,知道了"我等你,小树林!"。偷偷地跟着大姐,在小树林里,在月亮之下,在光影之中,我看见了杨老师和大姐紧紧抱在一起。

  我知道大姐喜欢杨老师,可是母亲却想让大姐嫁个有钱人。3 天后,母亲让村长给大姐找的有钱人来相亲了,那人骑着摩托来的,还是个光头。我的伙伴们一窝蜂挤进院子里看热闹,有的还喊着我的名字说,红旗你也能坐摩托车哩! 大人们也三三两两地站在院墙外面,伸着脖子朝里看。我的二姐红梅悄悄地对我说,村长说那人是养猪专业户,家里可有钱哩。可不,摩托车上驮着一大块猪肉哩！叔叔也来了。大姐初中毕业的那年，父亲走了，家里来了客人，都是叔叔来陪客。

那人进堂屋时，正好大姐从屋里出来。他就盯着大姐看，他一定是看上了大姐圆圆的脸庞、细长的眉、又黑又亮的眼睛、不高不低不胖不瘦的身子、还有又粗又长的麻花辫子。要不，大姐都进西屋啦，他还扭着脖子朝西屋里看。中午吃的是饺子，白菜大肉馅。养猪专业户饭量大，心情也好。我一连给他端了三碗，他还要吃第四碗。俺家有钱，红花嫁给俺，肉有得吃，衣服够穿，他说。那是哩，那是哩，都说你家是养猪专业户哩，叔叔说。

大姐相不中养猪专业户。虽然村长说他家圈里的猪，像天上的云彩团子一样多。大姐不吃饭，躲在西屋里。母亲和二姐去喊了两趟，也不出来。母亲说，她不同意也不中，婚事就这样定下啦。母亲还说，等吃过饭，她就会跟那个人说大姐同意啦。我去喊，大姐用单子蒙着头，不理我。不过，单子一动一动的。大姐哭了。说实话，和杨老师比起来，我也不喜欢养猪专业户。再说啦，自从我看见了大姐和杨老师抱在一起，在我心里他们就是一对了。我想起杨老师讲的《梁祝》，我不想让大姐和杨老师也变成两只蝴蝶。

我在东墙下的阴影里想着心事的时候，那人却从堂屋里出来了，找厕所。想着大姐伤心的样子，这个人却像没事一样吃了四碗饺子，我真不想理他。可我还是领着他向屋子后面走去，指了指厕所。就在他进入厕所的一瞬间，我看见了厕所门口上面的那一窝马蜂。

就像杀猪一样，凄惨的叫声把屋里的人都喊了出来。我们看见养猪专业户一边跑着，一边去拨拉趴在他光头上的马蜂。可是失去家园的马蜂们愤怒了，它们前赴后继地朝那颗硕大的脑袋上发泄着不满。叔叔挥着一张被单子，才把它们赶走。养猪专业户的头变得更大了，眼睛都眯成了一条缝，可一个个红包还在慢慢地肿起来。大人都说快去医院看看才好。那人忍住疼痛骑上摩托车，一溜烟向着陈店镇上的医院去了。

看着掉在地上的马蜂窝，母亲一脸的惊讶。好好的，马蜂窝咋掉下来了？母亲说。

我站在大姐身后，她紧紧拉住我的手，好像她看见我捅了马蜂窝似的。

马兰的猫

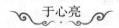

于心亮

　　我种的马兰花被猫咬了。是马兰的猫，天知道本该吃荤的小畜生为何改换口味要吃草，我很气恼，拎着猫去找马兰。马兰很不在意，说不就是盆花儿吗？跟猫你计较个啥？对于马兰的态度，我无可奈何，只好狠狠地将猫扔在地上，说管好你的破猫！

　　回头我给马兰花疗伤，忆起春天的时候，和卡西西一起郊游，她替我望风，我从打瞌睡的老奶奶屋檐下偷花，然后被黄狗追着在胡同里飞跑的情景，我的心里就充满了疼惜。马兰花性喜阳，我种在窗台上。马兰从我窗前走过，问我是什么花。我说是马兰。

　　马兰很生气，以为我在揶揄她。我懒怠解释，浇完花，闲着无聊，就拿起一张报纸躲进厕所，报纸上有个豆腐块，写得挺好，看看署名，是马兰。于是我就大声喊马兰，马兰没好气地说瞎喊什么？我说麻烦你，送我块手纸好不好？马兰狠踢了一下厕所门，走了。

　　马兰梦想着当作家，每天都熬夜到很晚。我劝她不要拿文字太当回事，女孩子熬夜容易老，到时候别找不到婆家。马兰很不耐烦，翻着大白眼珠子，凶巴巴地说我熬夜，碍着你啥事？当时卡西西正小鸟依人般站在我身边，被马兰如此数落，我感觉很扫面子。

　　跟马兰不同，卡西西很温柔，喜欢俯在耳边跟我说话。这让我感觉很好，有种很温暖的诱惑，有天晚上我亲吻了她，她娇喘着暗示我关上灯，我迟疑着。卡西西很快冷静下来，轻轻推开我说天晚了，我要回去啦……送卡西西回去的路上，我心里充满了懊恼。

　　也就是这天晚上，马兰收留了一只流浪猫，通体黑色，看上去颇鬼祟。我问马兰，养猫做啥？马兰说驱鬼，夜晚里做个伴儿。听了马兰的话，我心里莫名其妙有了一丝怅惘和失落,我开始期望着下一次亲吻卡西西的时候,她能暗示我关灯,但卡西西出差了。

卡西西经常天南海北跑,我很奇怪,温柔的她怎能做导游?但事实上卡西西做得很好,时常带礼物给我,也会说各地的方言,责怪我不给她打电话,就拿闽南话来骂我,我当成是在夸我,傻呵呵跟着乐。马兰抱着猫,说卡西西在骂你,你不知道?我说我知道。

马兰将电话拿了去,大声说卡西西,冬瓜被车撞了,因为害怕你担心,所以没打电话,你担待着点儿呀!我去抢手机,马兰却关掉了,坏笑着说看她对你如何,说完就居心叵测地走了。我恨得牙根痒痒,心里却不由想着,卡西西会有几分相信马兰的谎言?

第二天天刚亮,房门被拍响了,卡西西哭成泪人站在外面,我心里倏然充满了感动,抱着她就不撒手。马兰一脸歉然地望着卡西西,说对不起开你玩笑,没想到你真能连夜赶回来。卡西西狠狠推开我,说冬瓜你用这种法儿来考验我,实在太损了,你简直不是人!

马兰脸色讪讪着,不知如何才好。我苦笑着将卡西西劝回屋,示意马兰快离开。等我转回身,卡西西却一脸灿然的样子说亲爱的,你现在知道我有多爱你了吧?我急忙点头,心里旖旎一片,感觉又骄傲又满足。卡西西看着受伤的马兰花,突然问是不是猫咬的?

我不想让卡西西对马兰产生过多的误会,于是就说是老鼠咬的。卡西西很惋惜,说可恨的老鼠,实在太讨厌了,怎么总来打扰我们幸福的生活呢?……两天后,我遇到了马兰,看到她眼睛红肿着,因为与她为伴的猫中毒死了。我听了这个消息,心里很伤心。

回头我找到卡西西,问我吃剩下的鱼罐头哪里去了?卡西西说拌了老鼠药去毒老鼠了,有什么不对吗?我说马兰的猫被毒死了。卡西西平静地说咦,马兰的猫啥时候学会偷腥了呢?要是守规矩就不会死,这不能怪我呀,要怪只能怪她自己,没有看护好自己的猫。

听了卡西西的解释,我心里很不舒服,所以当她亲吻我并暗示我关灯的时候,我轻轻地推开她说天太晚了,你……还是回去吧!卡西西没有让我送,临出门的时候,她回过头笑着说冬瓜,夜里你总喜爱亮着灯,其实你是……为马兰亮的,我猜得没错吧?

…………

过了一天,来了一个人,将我狠揍了一顿。这个人说卡西西那么好的女

孩子,你竟敢辜负她,你简直是个猪狗不如的畜生……他说着说着,就蹲下身委屈地哭起来。我想安慰安慰他,却不知说什么好,因为我听说,卡西西自杀未遂,被送进了医院。

卡西西是个善解人意的女孩子,比如说郊游的时候,我说我喜欢马兰花,她就自告奋勇给我望风,帮着我一起去偷花;还比如说我喜欢弄剪报给马兰收藏发表的文章,卡西西总千方百计帮我收集;还比如说……我往医院跑去,马兰跟着我,我俩抿着嘴,谁也不说话。

冬花

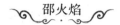

邵火焰

南山捡回了一个女人。

南山发现那个女人时，女人蜷缩在街角瑟瑟地发抖。南山走上前时，女人用惊恐的眼神望着他。女人的脸脏得看不出本色，乱糟糟的头发上粘着一些草屑。南山蹲下来问，你冷不冷？女人抹了一下眼睛，嘴里吐出了啊啊的声音。

南山动了恻隐之心。

南山从口袋里掏出一个烤红薯递给了女人。女人接过去大口大口地吃着。等女人吃完了南山又问，你愿意跟我一起走吗？女人的头点了点，嘴里发出的依旧是啊啊的声音。南山扶起了女人，牵着她的手带回了家中。

看到南山带回了一个脏兮兮的苕女人，村里的说，南山你莫不也是个苕吧，你还嫌上女人的当没上够吗？你是不是想女人想疯了？

这些话触到了南山的痛处。南山家里穷，三十多岁了还是庙上的旗杆——独一根。两年前有个外地的女人昏倒南山的屋门前，南山把她抱进屋里又是掐人中又是喂开水，女人才睁开了眼睛。后来女人说她是逃婚出来的，不想再回去。南山问她打算去哪里，女人说是南山救了她的命，她现在哪儿都不想去，就要住在他家。南山说，我是一个寡汉条子，你一个女人家住在我这里怕不太好吧？女人说，那我就嫁给你好了。

女人果真和南山睡在了一起。南山不想委屈了女人，他在亲戚六转中借了些钱，又拿出自己几年的积蓄，想给女人添置些衣物，置办几件家具，但被女人否定了。女人说，这些钱暂时留着，等我俩好好干几年后，再凑在一起把房子翻盖翻盖。南山感动得想哭。

谁知一个月后他真的哭了。那天，南山进山打柴，傍晚回家时，家里冷

冷清清,女人消失得无影无踪,同她一起消失的还有他的那些钱。后来听说周围的村子里也发生了同样的故事。南山这才知道他们遭遇的是一伙骗子。南山长吁短叹了好长一段时间,心里才慢慢平静了些。

村里人的话让南山打了一个激灵,南山暗暗在提醒自己,千万别又中了女人的苦肉计。但南山马上又想到这是一个弱智女人,不会是为我特设的局。

南山也不管别人怎样嚼舌根,南山有自己的主意,说我想女人就想女人,我一个光棍讨不上媳妇沾不上女人,难道连想也不要我想吗?南山就想留下这个苔女人,晚上挨自己睡睡觉也好。

南山就去找村主任。村主任说,好吧,那你就先到派出所去上个户口。

南山拿着村里的接收证明,当天下午就到派出所落了户。南山给女人取了一个很好听的名字:冬花。

晚上,南山烧了一大桶热水,把冬花按在盆里给她洗了头洗了澡。南山在给冬花洗澡时,抚摸着她的身体,心里一直是痒痒的,南山努力控制住了自己的冲动。南山惊奇地发现,洗干净了后的冬花是一个很漂亮的女人。南山把冬花抱到床上去时,柔柔地问,你愿意跟我睡觉吗?也许是前世注定了有这个缘分,冬花竟嘿嘿地笑了,嘴里啊啊有声。

南山拥着冬花,拉灭了电灯。南山把男人的阳刚和温柔倾注在了冬花身上。

第二天,当南山一手扛着锄头一手牵着冬花出现在村里人的面前时,人们的眼光都直了。冬花穿着那个骗子女人留下的旧花袄,长长的头发经南山梳理后,用一根红布条绾在脑后,竟显得是那样妩媚。村里人说,你小子有眼劲,怎么知道这个苔女人长得这么好看呢?

南山马上警告他们,再别苔女人苔女人地叫,她有名字的,她叫冬花。有人就当场叫开了:冬花冬花冬天的花……那念叨的节奏就像敲锣,惹得人们哄堂大笑。

南山真心实意地爱护着冬花。第二年春天,冬花的肚子大了起来。怀了孕的冬花在南山的调教下,竟然有了变化,能自己洗脸洗脚了。南山弄饭时她会烧火了,邻居家的鸡跑到了自家屋里,她知道往外赶了。晚上,冬花还能坐在南山旁边陪他一起看电视了。有时南山高兴,她也跟着咧着嘴嘿嘿嘿嘿地笑。

有天晚上看电视,南山惊奇地发现,有则寻人启事上的女人的照片很像冬花,启事上说,寻找走失了半年多的弱智的女儿。南山瞪大眼睛细看,启事上描述的衣着与他发现冬花时的衣着一模一样,看来冬花就是启事上那个要寻找的人。南山兴奋地记下了联系电话。

第二天,南山就把找到了冬花娘家人的消息和村里人说了。看着南山激动的样子,有人泼了一瓢冷水:你不能联系她娘家的人,你想想,联系上了,她娘家要来人把她带走了,你不就没了媳妇了?

南山不是这样想的。南山同情冬花,南山也同情冬花的父母,冬花的父母不见了自己的女儿该是多么着急啊。做人要厚道,不能只想着自己。南山到村主任家里打通了那个电话。

冬花的父母来了,是开着小车来的。冬花果真是他们走失的女儿,冬花的母亲抱着冬花嘤嘤地哭。村主任向冬花的父亲介绍了南山和冬花的情况。

冬花的父亲上前紧紧地拥抱了南山,然后对他说,我在城里还有栋房子,是专门留给我的女儿女婿的,你们明天就搬过去。

南山憨憨地说,我……我……到城里没事做啊!

怎么没事做呢? 我的公司就需要你这样的好人,我的女儿也需要你啊!

这时大家才知道,冬花的父亲是一个知名企业的董事长。

村里人都说,这狗日的南山有福气。

爱无价

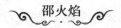

邵火焰

　　男人捏了捏夹袄左胸前的口袋，然后又看了一眼那件粉红色的羽绒服领口上的标价牌，终于下定了决心：买下。

　　收银台前，男人在口袋里摸索了半天，才摸出了一个纸包，打开纸包，是一叠钱。男人一张一张地捻着，捻出了 12 张，然后又抖抖索索地数了一遍，这才双手递到了收银员手上。收银员利索地开好了发票，交给了男人。男人将发票夹在剩下的钱中，重新包好揣进了口袋，还用手按了按，这才从营业员手里接过装有衣服的袋子。袋子上一个漂亮的女人正在对他微笑，那女人穿着的正是他刚买的这种颜色和款式的羽绒服。男人脑海里马上叠印出家中女人的身影。男人想，女人穿上这衣服也一定很漂亮。

　　想起女人，男人心里就有愧。女人自从嫁给他后，没穿过一件像样的衣服，都是在乡下小镇的地摊上买的便宜货。男人曾说，等我有钱了，一定给你买一件漂亮的衣服。

　　男人是在家里的稻谷收割完后，进城打工的。4 个月一晃而过，到了年尾该回家的时候。当男人拿到那用汗水换来的 4 000 元工钱时，第一个想法就是给家中的女人买一件上档次的衣服。现在，这件衣服就提在了他的手中。男人怀着愉快的心情登上了回家的火车。

　　一路上，男人在想象着女人看到这件衣服时，该会是怎样的激动和兴奋。女人是个勤俭持家的好女人，从来不乱花一分钱……男人想到这里心里甜滋滋的。突然，男人想到了一个问题：自己买这么贵的衣服，女人会不会说自己乱花钱呢？

　　男人知道女人的秉性，她一定会数落他的，甚至说不定还会要他去把衣服退掉呢。男人随着火车的震动一下一下地拍着脑门。男人闭着眼睛想了一会儿,就有了主意。回家时就对女人说,这件衣服 800 元。但马上男人又否定了这一价格。男人想,800 元,女人也接受不了。说多少呢?男人挠着头发。对了,就说 400 元,这个价位女人也许能勉强接受,OK,就这样定了,就说 400 元。

男人回到了家时,女人在喂猪。女人在围裙上擦了擦手,问了句,玲儿她爹你回了,就上前接过男人肩上的行李。女人放下行李后说,吃饭了吗?我给你弄去。

男人想让女人早点高兴高兴,他上前解开行李说,玲儿她妈,你看我给你买什么了。

望着男人手里漂亮的羽绒服,女人眼睛发亮,女人喜欢的就是粉红色。女人的声音里有颤音,这……这……很贵吧,得多少钱?

男人轻描淡写地说,不贵,刚好遇到商场打折,原价 800 元,我 400 元就买到了。来试试,看合不合身。

女人听话地解开围裙脱下旧袄,穿上了羽绒服。男人盯着女人不眨眼,啧啧,我老婆一点不比城里的女人差。

女人照男人胸膛捶了一拳,男人就势把女人抱在了怀里。女人红着脸小声说,别……别……晚上再……

女人从男人怀里挣脱出来,平静地脱下了羽绒服,折叠好又装进了袋中。男人说,折起来干什么,你明天就穿上吧。

女人没说什么,默默地穿上旧袄,系上围裙喂鸡去了。

第二天,男人一大早到学校看女儿去了。半上午回来时,见女人不在家,男人在房里转了一圈,没见那件羽绒服,男人寻思着,女人肯定是穿着新衣串门去了。

中午的时候,女人回来了。男人看见女人穿着的还是那件旧袄。男人说,我还以为你是在村里串门去了呢,那件羽绒服呢?

女人这时很神秘地说,先别问衣服了,待会告诉你,你先闭上眼睛。

男人顺从地闭上了眼睛。

看,这是什么?女人的声音里透着抑制不住的兴奋。

男人睁开眼一看,女人手里拿着的是一部崭新的手机。

男人的眼睛亮了,他早就想要一部手机,村里的好多人都有,但他一直舍不得买。

男人接过手机说,你把我带回的钱花了?那可是留着给玲儿上学用

的啊。

女人一笑说，我没动那钱，我把你买给我的羽绒服卖了。

男人一听，一下扑上前去抓住了女人的肩膀，急切地问，你多少钱卖的？

女人得意地笑出了声，说，嘿嘿……500元，我还给你赚了一百元呢！

你……这……这……男人一下蹲在地上，就势一拳捶在自己的腿上。男人薅着头发，半天没出声。

玲儿她爹，你怎么了？女人莫名其妙地看着男人，你不喜欢这手机吗？你不是早就想要一部手机吗？

男人站起来，什么也没说，上前紧紧地抱住了女人……

太阳的颜色

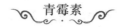

青霉素

酒吧就是让人忘记自己是谁的地方。

苏曼这样想的时候,酒杯里的液体已喝不出什么味道了。

她眯着眼看着坐在对面的阿美说:"今天是我生日,你是我朋友,你有义务哄我高兴!"低下头透过手中的酒杯看着阿美又说:"烦心的事都放在酒杯外,现在我们躲在酒杯中。"两人就旁若无人地笑起来。

酒吧里人已不多,她俩的举动引得那个酒吧歌手不时看她们一眼。

苏曼转身对吧台旁的歌手说:"请为我唱一首《生日歌》好吗?"歌手微微向她躬一下身,弹起他的吉他,序曲一过深情的歌声就在她身边环绕:"祝你生日快乐……"

童新来到这个南方的城市已有两年了。

在这个酒吧里,他的吉他和他的歌声迎来送走无数个脚步无数张表情。

他的家在遥远的北方,他抱着心爱的吉他闯世界。吉他是他的青锋剑,给他胆气;也是吃饭的钵盂,给他盛粥米。

此时,酒吧里客人已不多了。口袋里的手机不停地震动,他转过身打开手机,里面传来妈妈的声音:"儿子,今天是你的生日,别忘了给自己煮一碗长寿面,现在天冷了要加衣服啊!"妈妈的话让他心里酸酸的。

夜已深了,酒吧里的客人陆续离去。最后的那位客人点了一首《生日歌》,他心里猛地一动。

他和心爱的吉他一起唱起来。他的歌送给客人,吉他的歌留给他自己。

苏曼和朋友阿美走出酒吧已是午夜,愉悦的心情被酒精烘托着。空旷的大街上,闪烁的霓虹灯像幽怨的少妇的眼睛。

"想爽一下吗?"阿美站在小车前,向她晃着车钥匙。她犹豫着。阿美手

一抬,钥匙向她抛来。

午夜的大街已没有白日的喧嚣,苏曼驾驶着小车像游弋在一个美妙的梦中。

清凉的风从她泛热的腮边滑过,欢快的情绪和秀发一起飞扬。

童新为最后的客人唱了一首《生日歌》,那首歌把他的心也填得满满的。送走最后的客人,他也离开了酒吧。

他抱着吉他走在回出租屋的路上,透过虚幻的霓虹灯,遥望一闪一闪的星星。夜风吹在他的长发上,他想起遥远的家,似乎看到妈妈正站在村头的秋风里。

"头发长了,剪一下吧,心情也会轻松。"他似乎听到妈妈的话。童新伸手捋一下头发,就转身走进路边的一家发屋。

童新从发屋出来,晃了晃头,果然清爽了许多。妈妈的话总是对的。他想着,心底就泛起一波温情。

一辆小车向他飞来,定格他一脸的惊恐。

童新搞不清自己已在医院躺了几天。躺在医院里最容易想家,可童新不敢让妈妈知道。苏曼每天都来医院看他。看着他一步步挣脱死神,一步步走出痛苦,一步步走向康复。

她今天又煲好汤送来,这些天的接触,让两颗流浪的心相互抚慰。

她把一勺汤喂给他。

"谢谢你!"童新有些难为情。

她一笑,摇摇头。"真是一场梦!"苏曼说着叹了一口气。

"我替我妈妈谢谢你,那天你没把车轧过来。"童新真诚地说。

苏曼脑子嗡了一声。

那晚,他倒在血泊中。阿美看看四周无人,对惊慌失措的苏曼说:"把车轧过去,人死了事情好处理。"

苏曼没听,只是疯了一样跑过去,抱起满身是血的童新上车就开往医院。

童新恢复得很好,已能下地走路了。这天,苏曼扶着他走在医院的小草坪上。早晨的阳光洒在他们身上,童新眯着眼看太阳。

"大夫说你明天就可出院了。"苏曼说着弯腰摘了一片草叶。

"太好了!"童新转过脸来问,"你说太阳是什么颜色?"

苏曼把草叶挡在眼前俏皮地说:"一半红一半绿吧。"

童新认真地看着苏曼说："出院后我们要好好庆祝一下！"

"是要庆祝。"苏曼说，"你说在哪里庆祝？"

"酒吧。"

他们相互看了一眼同时说，然后一起大笑起来。

梅花

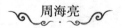

周海亮

梅花是一处小镇。梅花是一位姑娘。

小镇民风醇和,鸡犬相闻。梅花娇小玲珑,温婉湿润。梅花端着簸箕,唤来鸡崽,撒一把米,又拾级而上,倚了门,眺望不远处的戏场。戏场上锣鼓喧天,人声鼎沸。一年一度的掰手节是梅花镇的节日,是梅花百姓的节日,更是梅花的节日。不过今年梅花不想去戏场,不想去看那些憋红脸的后生。戏场上没有强壮敦实的冬青,又怎会有她的心思?

梅花的心思,全在千里之外的小城。

是在掰手节上认识冬青的。梅花躲在一群唧唧喳喳的姑娘身后,双手遮了眼睛,却又透过一指缝隙,偷看冬青棱角分明的脸。冬青的脖子上凸起青筋,手腕上凸起青筋。他胳膊上的肌肉一蹦一跳,汗珠们被弹起很高。然他的表情是微笑的,胸有成竹。冬青战无不胜,淡褐色的眼睛,绽放出迷人的七彩。

后来就认识了。小镇本就不大,何况女伴们从她的目光里读出了一切。更多时两个人面对面坐着,啜着清茶,却不说话。突然四目相对,梅花粉了腮,忙起身,去厨房给冬青煮两个荷包蛋。那鸡蛋青壳,椭圆,有着磨砂般的质地和光泽。天近黄昏,小镇染上胭脂一样的粉红。

两个人订下终身,没有承诺,全是用了眼神。然后冬青去了城市,他说他得给梅花攒下5间像模像样的房子。

可是梅花不喜欢城市。城市太吵,太闹,太大却太挤,太干净却太肮脏。城市让她手足无措,心神不宁。梅花只要小镇,只要冬青,只要他们安稳的日子。冬青去了城市,那一年,镇上的掰手节索然无味。然后冬青写信回来,说他冬天就回。回来,就把梅花娶了。冬天里他果真回来,却没有娶下梅花。他说他还得打拼一年,一年以后,5间房子,就变成了楼房。

梅花镇没有楼房。楼房不该属于这样祥和悠闲的小镇。梅花与冬青面对面坐着,梅花的眸子里,刮起了风。她问冬青你真的喜欢城市吗?冬青不说话。她问梅花镇不好么?冬青说,好。她问我不好么?冬青说,好。她问那么,你真的喜欢城市吗?冬青便不再回答。梅花起身,去厨房为冬青煎蛋。厨房窗前开着两丛梅,白的似雪,红的似血。

梅花终于决定和冬青一起去城市。尽管她讨厌城市,可是她喜欢冬青。她知道冬青不想再回来,她知道梅花镇的楼房不过是他的一个借口。春日里的阳光暖洋洋的,梅花端坐小院,一方手帕上绣着傲雪的梅。忽然就想起是暮春了,暮春里,梅花们早已凋落,新叶却未及长出。梅花有些惆怅,收了针线,回到屋子。鸡崽们唧唧喳喳,尖尖软软的嘴巴啄着木门,噼噼啪啪地响。

夏天里冬青来信,说他在城里买了房子。信里夹了很多照片,冬青站在屋子的每个角落,英俊魁梧。仿砖的电视墙让梅花犯晕,黑色的抽油烟机让她想起古老的木门,地板亮得耀眼,防盗门牢不可破。梅花盯着照片出神,这是她的家吗?她试图将自己放进照片,却无论如何,也放不进去。

秋天里冬青没有回来。他答应过梅花要参加最后一次掰手节的,可是他竟食言。他甚至没有写信回来。没有冬青的掰手节,连男人们都觉得没劲。掰手节匆匆而去,梅花的心撕成碎片,花瓣般撒落一地。

冬天里冬青失去音讯。梅花斜倚门前,顾目远盼。她的手里依然绣着一朵寒梅,她的手白皙透明,淡蓝色的血管清晰可见。

梅花站在牢不可破的防盗门前,敲门。她敲了很久,终见她的冬青。冬青穿着睡衣,睡眼蒙眬,神色疲惫。他的身后跟着一位女子,那女子眉眼精致,长发披肩。那么,似乎一切都不必再问。那么,似乎一切都已经结束。梅花笑着退出,又捂了脸。眼泪掉落地上,击穿一方青石。

早春时梅花再一次见到冬青。冬青躺在医院,脸色蜡黄。这就是那个牛般强壮羊般腼腆的冬青吗?这就是那个不想生活在小镇的冬青吗?冬青看她一眼,笑。冬青说我骗了你。当我发现自己喜欢小镇,已经晚了。当我发现自己真的离不开你,已经晚了。天让我走,我不能不走。冬青说,我真的不想离开你。

梅花与冬青的婚礼在几天以后举行。那一天,其实是冬青的葬礼。梅花捧着冬青的照片,着一袭长裙。她用了小镇传统的装束,她认为冬青会喜

欢。照片上的冬青,憨厚地笑。

梅花躺在孤零零的城市,躺在冰凉的木地板上。梅花烧掉绣了大半的梅花,烧掉她所有的心思和往事。那火焰温柔地燃烧,又猛然蹿起,瞬间填满房子,将梅花包融。火焰中响起梅花的歌声,歌声婉转悠长,丝丝缕缕,顽强地穿越城市,回到那个叫做梅花的小镇。

是早春。世间的梅花在早春里开放,我们的梅花在早春里凋零。

艺术家

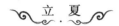

立·夏

我所认识的朋友中,瞿凡是最有才气的男人,思瑜是最幸福的女人。

在思瑜的婚礼上,青年艺术家瞿凡举着酒杯动情地说:"我终于等到了今生我梦寐以求的新娘,我要把全部的爱给她!"现场一片欢呼声,女孩子们的眼里都是满满的羡慕,当然还有点嫉妒。

瞿凡有才气,是因为他懂艺术。思瑜幸福,是因为她有瞿凡。

瞿凡喜欢思瑜,认识他们的人没有不知道的。小时候,他每天守在思瑜的家门口,等着她一起上学。后来,思瑜考上了西北的一所大学,刚被上海一家跨国广告公司录用的瞿凡立马辞了工作,背上行囊说要去西北开拓事业。几年后,瞿凡的大漠风情系列画展获得空前轰动,瞿凡和思瑜的爱情也步入了婚姻的殿堂。

结婚后的瞿凡仍然没让粉丝们失望,他被思瑜的女友们奉为极品老公,拿来当作寻找男友的理想范本。但瞿凡毕竟只有一个,所以她们时时会有挫败感,在电话里对着思瑜咬牙切齿。

那天接到思瑜的电话,我的第一反应是太阳从西边出来了。我已经好几年没和思瑜单独吃饭喝茶,瞿凡像是她的连体兄弟,他们总是同时出现在每一个公众场合。

第一个点的当然是酸菜鱼,这是思瑜最爱吃的一道菜。但思瑜却摆着手,大声嚷着不要不要,她说瞿凡现在做酸菜鱼的水平都超过餐馆了,她家每周都能吃上一次。

以前说起酸菜鱼,思瑜的眼睛都会发亮,现在,我竟然发现她皱起了眉头。我嬉笑着说:"怎么,跟艺术家吵架了?"思瑜说:"没!"

我叹了口气:"唉,你知道吗?有多少人盼着你们吵上一架,来验证再完

美的婚姻也是有缺陷的,可为什么你们总不满足我们这个小小的卑劣心理呢?"

思瑜也叹了一口气,说我还郁闷呢,真想吵上一架。

"为什么?!"当时我正埋头吃烤鱼,差点被鱼刺鲠住。烤鱼很好吃,在我看来,是这家餐馆做得最美味的一道菜。

"他不懂艺术。"

我忍不住笑,思瑜你无理取闹了吧,瞿凡现在是本省著名艺术家,你竟然嫌他不懂艺术。

思瑜不说话,招手叫服务员过来,又点了一份烤鱼。

我看着她瞪大了眼睛:思瑜你疯了!

那天的烤鱼吃得我胃口尽失。

思瑜把桌上满满的几盆菜都推到我面前:"你不是说这家餐馆的菜最好吃吗? 你再吃呀!"

我揸手求饶。

思瑜忧伤地看着我,幽幽地说:"明白了吧?"

回去我发现阳台上的牵牛花开了,却被白天的太阳晒得蔫蔫的,唉,这个炎热的盛夏。

我约瞿凡到体育场见面,我在最高的台阶顶上等他。那是正午,炽热的太阳把瞿凡烤得如同刚出炉的红薯。

我及时地递上一瓶水,他咕嘟咕嘟仰头喝了个精光。我又递上一瓶,他不好意思地笑笑,说真是渴坏了,接过去又喝了半瓶。我又递过去一瓶,他愣了愣,挥了挥手中的水,说,还有呢,够了。

"酷暑天清凉的水,多好的东西啊,我特意为你准备的,你得喝完它们。"我指了指身边,那儿一溜放着 10 瓶水。

我知道瞿凡被这些水吓坏了。本来我还想多嘴跟艺术家讨论一下关于艺术的话题,但我没说。看着他对着水沉思的样子,我想,如果让他喝完这些水,不知他会不会明白呢?

我有事

孙 凯

　　男孩和女孩是在火车上认识的。男孩是从始发站上车的,到黄山开会;女孩从中途上车的,到黄山旅游。两人虽不相识,但因为两人都是去黄山的缘故,所以男孩和女孩就在火车上,天南地北自然地聊了起来。

　　从两人的聊天中,女孩知道男孩是一家大型企业的工程师,这次去黄山是开一个全国技术交流会;在他们的交谈里,男孩也知道女孩大学刚毕业,在她父亲的厂里当会计。可是女孩此行的真正目的,男孩是不知道的,女孩也没和男孩说。女孩想,刚和男孩萍水相遇的,没必要把什么事都告诉他。

　　火车咣当咣当从南京一直往南开,男孩和女孩谈得很投缘,根本无暇顾及车窗外的风景。男孩说:"我会看手相,给你看看吧?"女孩把自己美丽的双手伸到男孩面前。男孩说:"男左女右。"女孩又把右手交给男孩,男孩很认真地看起来。女孩问:"我的命运怎么样?"男孩说:"命运挺好的,但爱情方面不是很如意。"女孩瞪大眼睛问:"为什么?"男孩很认真地说:"手上就这么写着。"女孩说:"说说看,哪里不如意?"男孩说:"你的婚姻你自己做不了主。"

　　女孩眼睛瞪得更大了,因为她这次出来的目的,说好听点是旅游,说难听点就是逃避订婚。女孩父亲是当地远近闻名的企业家,家产少说也有几千万。按照当地的风俗,女孩要招婿上门。女孩父亲在女孩刚毕业时,就给女孩物色了一个,男孩长相不错,而且才华横溢。可女孩是个时尚的女孩,她不喜欢这种包办式的婚姻,所以就出来散散心。

　　男孩一直握着女孩的纤手,嘴里滔滔不绝地说着,可女孩只听清男孩的一句话,你想生活得幸福,就必须自己把握住自己的爱情。

　　火车到达黄山车站以后,男孩就看见了会务组接站的牌子。男孩问女

孩:"你有没有预订好宾馆?"女孩说:"没有。"男孩说:"那就和我住同一个宾馆吧。"女孩点点头。到了宾馆,女孩要去登记。男孩说:"你就不要操心了。"

　　会议安排得很合理:第一天游黄山,第二天去西递,第三天开会,第四天自由活动,第五天返回。女孩看到行程安排后,就对男孩说:"正好,我们结伴同行。"男孩说:"好啊,有美女相伴是求之不得的事情。"

　　几天的游程,女孩在男孩的照顾和关心下,玩得十分开心。说实话,女孩已经完全喜欢上这位幽默善良的男孩了,男孩也喜欢上了她。临分手的时候,男孩和女孩紧紧地拥抱在一起,谁也不愿意先离开谁。可是男孩要回去上班,女孩也要回去工作。没办法,他们只有相约明年的今天来黄山旅游结婚。

　　男孩和女孩分手后,他们每天都接到了对方的短信。男孩在短信中说,我想你。女孩回短信说,我也想你。女孩说,我爱你。男孩也说,我也爱你。男孩和女孩感觉发短信不过瘾,就相约每天给对方写一封信。男孩的文笔很好,经常在报刊上发表文学作品,所以信写得情真意切文字优美。女孩的信更是情意绵绵,让人回味。

　　日子在不停地翻新,尽管女孩父亲给女孩介绍的男朋友,对女孩各方面都很照顾很关爱,但女孩的大部分时间都陶醉在男孩的书信和短信中。男孩也是,家人和朋友给他介绍了许多女孩子,可男孩根本就不去相亲。

　　男孩和女孩都记得他们的约定。一年了,男孩问女孩,可记得我们当初的约定?女孩回答说,至死也忘不了。男孩说,我也是。男孩和女孩商定,下个礼拜到黄山结婚。

　　路上,男孩和女孩刚好又坐在同一趟火车上,男孩从始发站上车有座位,而女孩半路上车没有座位。尽管男孩和女孩在一个车厢,而且距离很近,可谁也没认出谁。女孩却看到有个很像男孩的人,在认真地给另一个女孩看手相。男孩握着那个女孩的手说,你的命运很好,可婚姻不如意。那个女孩瞪大眼睛问,你怎么知道的?男孩说,你手上写着呢……

　　女孩看着眼前的情景,就想起了去年的景象,她不敢相信眼前的男孩就是去年的那个男孩。火车咣当咣当不停地向前跑着,女孩想着心事,根本无暇顾及车窗外的风景。车到黄山站,女孩打的直奔去年的那个宾馆,女孩又要了去年的那个房间,一切准备停当后就等着男孩的出现。女孩知道,从男孩的那座城市开往黄山的火车就这一趟,她就在宾馆的登记处等。

这时,男孩出现了。女孩一看感觉吃惊,这不是火车上给另外一个女孩看手相的男孩吗?她感觉他与去年的那个男孩差距很大,更不像自己朝思暮想的恋人。

　　男孩也发现了女孩,足足看了一分钟后问,你是……女孩摇摇头说,不是,我不认识你。男孩奇怪地说,不是讲好了吗?怎么还没来?男孩上楼去了,女孩赶紧找总台服务员换房间。

　　女孩走进自己的房间后,给男孩发了条短信说,对不起,我有事不能来黄山。女孩刚发出这条短信,就接到男孩的短信:对不起,我有事不能来黄山。

爱情圈套

孙 凯

男孩特别喜欢女孩,于是就写诗向女孩求爱。男孩的诗写得很棒,这是女孩的当编辑的妈妈说的。

可女孩喜欢实际,喜欢时尚,不喜欢诗,更不喜欢像诗一样爱幻想的男孩。女孩的妈妈很无奈,说女孩没眼光,没才气,根本读不懂诗,更读不懂像诗一样浪漫、有灵气的男孩。

可是,男孩为了得到女孩的爱,就一首接一首地给女孩写诗,男孩有滴水穿石的决心。女孩很不屑,根本不拿她那双美丽的大眼睛看一眼男孩为她写的诗,只是随手揉成团把它丢进纸篓里。

女孩的妈妈觉得很可惜,可大不由娘,没办法。女孩的妈妈只好从纸篓里捡起男孩写的诗,然后小心地用熨斗把纸烫平,之后,宝贝似的存了起来。职业的素养使她发现,男孩是个可塑之材。女孩的妈妈做了二十几年编辑了,她认为在这座城市里很难找到这么有灵气的年轻人。有好几次,女孩的妈妈真想把男孩的诗拿到她编的报纸上发表,可又怕伤害男孩的自尊心。

日子一天天过去了,男孩仍锲而不舍地坚持为女孩写诗,春夏秋冬从未间断过。可是男孩的诗丝毫没有打动女孩的芳心。女孩的妈妈总是在女孩面前说,你呀,这么有才华的男孩不爱,真是可惜。女孩听不惯妈妈的唠叨,就赌气地说,你喜欢让给你。

女孩说过这句话后,想到自己的妈妈会生气。可妈妈却说:"如果妈妈是你这个年龄的话,妈妈肯定会嫁给他。"女孩听后一愣,她用很奇异的目光盯着妈妈说:"诗可以当饭吃吗?"女孩的妈妈说:"生活中没有诗,就像花园里没有花朵一样。"

女孩沉默了,就约男孩来家中谈谈。女孩在信中说,我妈妈很喜欢你。之后女孩又和自己的妈妈说,我约他来咱家,你和他好好谈谈。

女孩的妈妈很高兴,从街上买回许多好吃的东西,招待这位写诗的男孩。女孩也猜透了妈妈的心思,和男孩谈得很投机,很默契。

男孩很兴奋,他的爱情终于迎来了柳暗花明。男孩的诗在爱情的滋润下写得更加优美了。男孩想到女孩说"你给我写一千首诗我就嫁给你"的话后,他越发勤奋了。他的业余时间都花在给女孩写诗上,女孩接到男孩的诗后,就整整齐齐地放在妈妈的桌案上。

"因为有了你／我变得聪明／聪明成一只懂事的钟／在时间的笑声中／我逐渐完整／／因为有了你／我变得糊涂／糊涂成一只老蚕／吐出丝儿把自己束缚／／因为有了你／我／聪明的时候最糊涂／糊涂的时候却最聪明"

女孩的妈妈看到男孩的诗一首比一首写得好,一首比一首写得有深度时,就很满意女儿的选择。女孩的妈妈心中有个计划,她准备给男孩出一本爱情诗集。一年过去了,女孩的妈妈整整编了厚厚的一大摞男孩的诗稿。她联系到一家出版社,出版社的领导看到男孩的诗集后,很感兴趣,答应免费为男孩出诗集。

男孩的诗集很快出版了。女孩又约男孩来到她的家里。男孩看到女孩把他那飘着墨香的诗集交给他手里后很兴奋。他激动的心情无法用语言表述,他真想拥抱女孩。女孩的妈妈在旁边说:"孩子,你的诗写得很好,我女儿跟你,妈妈我很放心。"

谁知女孩却扭头对妈妈说:"妈妈,我这是成全你;他成功了,我的任务完成了,我和他之间也结束了。"男孩和女孩的妈妈都惊呆了,他们站在原地足足愣了半分钟。接着女孩的妈妈在吃惊之后很感激地看着女儿说,现在的孩子很难让人懂。

后来,男孩成了诗人。女孩的妈妈又给男孩介绍了一个同样有才气、会写诗的女孩。

制造陌生

孙 凯

男孩和女孩两家一直是邻居，从小学到中学，到大学毕业工作，两人一直是形影不离，出入成双。

男孩是冬天生的，今年 26 岁；女孩比男孩晚两个月，是春天出生的。男孩和女孩两家都有相同的一个心愿，就是希望男孩和女孩能结为秦晋之好。

男孩喜欢女孩，经常带女孩出去上网、会友、下馆子；女孩也喜欢男孩，没事的时候就拉男孩陪她一起逛街、买衣服、看电影。

他们两家的关系也很铁，经常聚在一起打牌、吃饭、看电视。男孩的妈妈爱看豫剧，每到礼拜天晚上就跑到女孩家和女孩的妈妈一起看《梨园春》；女孩的爸爸喜欢足球，逢上足球比赛，就来到男孩家和男孩的爸爸一起看足球。

男孩业余时间的一半是在女孩房间里泡着的，女孩业余时间的一半是在男孩书房里度过的。

可是，过春节两家人在一起吃饭时，男孩的父母和女孩的父母同时问男孩和女孩什么时候结婚时，男孩和女孩都同时睁大眼睛对他们说："你们有没有搞错，我们可是好朋友啊！"

男孩的父母奇怪了，说好朋友就不能成为夫妻吗？

女孩说："叔叔阿姨你们是不是想抱孙子了，赶明我给你们介绍个儿媳妇。"

女孩的父母也疑惑了，说你们两个天天在一起，好得像一个人似的，咋就不能更进一步呢？

男孩对女孩的父母说："我们的关系很好，可就是不来电。"

男孩和女孩的父母都搞不懂什么是"来电"，就问他们。

女孩说，来电就是两人在一起有心跳加速、发慌的感觉。

男孩搂住女孩的肩膀补充说，我俩就是这样，也没有过电的味道。

男孩的爸爸看着男孩的妈妈说，我们有没有这种感觉？男孩的妈妈摇摇头。

女孩的爸爸也问女孩的妈妈。女孩的妈妈说，没尝过这种味道。

男孩和女孩都笑了说，你们老夫老妻了哪还有来电的感觉？

男孩的父母和女孩的父母同时说，你们青梅竹马、两小无猜的时间都过去十几年了，电能早就转化为其他能量了。

男孩和女孩同时一愣，他们知道双方父母的真实心愿。

男孩看看女孩，女孩很美很善良；女孩看看男孩，男孩很帅很英俊。

可是男孩和女孩同时对他们的父母说，我们太熟悉了。

男孩的父母说，熟悉更了解；女孩的父母也说，熟悉才相知。

可是男孩和女孩又同时说，熟悉的地方没有风景。

于是，男孩和女孩各自开始了找对象的过程。今天男孩陪女孩去相亲……明天女孩又陪男孩去见面……

转眼一年了，他们两个仍没有找到各自满意的。因为男孩找对象的尺度是像女孩这样的；而女孩找对象的条件，是要与男孩各方面都相仿的。

男孩的父母和女孩的父母看着他们现在的处境就好笑，就和他们开玩笑说，你们两个不要白忙活了，你们还没有出娘胎时，我们就给你们订了"娃娃亲"，前世修来的缘分是很难更改的。

在双方的父母面前，男孩无奈地摇摇头，而女孩更流露出许多失望。

男孩的父母和女孩的父母没事在一起就想，男孩和女孩不愿意恋爱和结婚，是因为他们太熟悉了，如果给他们制造点陌生不就行了？

于是男孩的父母和女孩的父母就没事为一些小事吵架，之后又大吵，然后就不来往。

于是男孩到女孩家玩时，女孩的父母就不给男孩好脸看；女孩到男孩家时，男孩的父母也一脸不高兴。

于是男孩和女孩的接触就少了，少了以后就在双方父母的作用下不相来往了。

时间大约过了一个月，男孩就想女孩，想女孩的时候就和自己的父母发火。

这段时间，女孩也变得沉默了，沉默的时候就无端地找自己父母的

碴儿。

男孩的父母和女孩的父母暗下里通气说,再让他们三个月不见面就行了。

可是,时间还没到三个月,男孩就领了别的女孩来见自己的父母,而女孩也经常带个男孩来她家。

男孩和女孩的父母都认为问题严重了,私下里说,得赶紧向他们揭底,否则,偷鸡不成反蚀把米。

这天,两家的父母都各自准备好酒好菜。男孩不解,就问父母。父母说,以前邻里之间关系挺好的,为了一点小矛盾不值得,我们烧好菜,你喊他们过来聚聚。女孩也问父母,今天咱家谁来?女孩的父母说,我们两家以前很好,不应该闹分裂,你马上叫男孩一家到我们家吃饭。

男孩和女孩听后心中暗暗窃喜。

吃饭了,男孩敲女孩家的门,女孩敲男孩家的门。之后男孩和女孩就奇怪了,因为,男孩家烧的菜都是女孩爱吃的,而女孩家烧的菜又都是男孩爱吃的。

最后男孩和女孩提议,两家的菜端到一起吃;而且男孩和女孩又都和父母说,让他们的各自的"对象"过来一起吃。

待两个人的"对象"成双来到以后,男孩和女孩的父母都笑着说,你们四个浑小子竟敢欺骗我们四位老人家。

一句话，一辈子

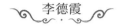

李德霞

　　40 年前，他是大队的民兵营长，她是村里老地主的女儿。

　　他领着民兵开大会，隔三差五搞批斗。老地主经不起折腾，一头撞死在柱子上。她疯了一般，一路狂奔出了村。他害怕再闹出人命来，紧随其后，穷追不舍。

　　果然，她跳了潭。他也跟着跳下去。他力气大，水性好，任她在水中挣扎厮打，硬是把她救出了水潭。

　　她并不领情，凶巴巴瞪着他："我什么都没有了，你让我怎么活？你救我就是害我呀！"

　　他紧咬嘴唇，咬出血来。突然，他看着她的泪眼说："我要管你一辈子！"

　　他要娶她，就像晴空响起的炸雷，把不大的山村震了一个趔趄。人们都知道，村支书瞧得起他，有把女儿嫁给他的打算。他年纪轻轻当上民兵营长，就很能说明问题。人们认为他的脑子进水了，要不然，放着村支书的千金不娶，怎么偏要娶地主的女儿？家里更是乱成一锅粥，娘的手指头雨点般晃着，发下狠话："你要敢娶她进门，我就跳潭去！"

　　他扑通给娘跪下，从早跪到晚，任谁拉他都不起来。娘撑不住了，含泪点了头，狠狠给了他一个耳光说："你个一根筋、缺心眼的东西！"

　　村支书感觉受了侮辱，一句话，撸了他的职，还把他发配到山里去抡锤采石。这一干，就是几年。

　　为防节外生枝，去采石场之前，他把她匆匆娶进了门。没有酒席，没有热闹的场面。新婚之夜，他一脸愧疚地对她说："让你受委屈了，等以后日子好了，我一定热热闹闹再娶你一回。"

　　她流着泪说："能进你家的门，我就知足了，还奢求什么呀？"

结婚第 3 年,婆婆突然不能动了。嫂子伺候了没几天便怨声载道,叫苦不迭。她来了,挺着个大肚子把婆婆接过去,端屎端尿,喂吃喂喝。婆婆临终时拉着她,久久不肯撒手。

日子流水般过去。几十年了,他和她没红过脸,没拌过嘴,让村里那些常常吵嘴打架的夫妻羡慕得不得了。

儿子考上了大学,他忙里忙外,杀猪宰羊,打酒买菜,把村里能请到的人全都请了来。她不解,悄悄把他拉到一边问:"儿子考上大学,庆祝一下是应该的,你怎么搞这么大动静?"

他说:"如今日子好了,我要兑现当初对你的承诺。"

她一愣:"啥承诺?"

他一本正经地说:"热热闹闹再娶你一回呀!"

她笑出了眼泪:"都老夫老妻了,你还真把那句话搁心上了?"

他说:"男人吐口唾沫就是钉子。"

儿子在城里安家后,三番五次要他们一块进城去住。他笑呵呵回绝了儿子:"进了城,住你的,吃你的,穿你的,我就管不了你娘了。"

天有不测风云,过完 63 岁生日,他突然倒下了。紧急送往医院抢救,医院的病危通知下了 3 次。人们都说,他怕是逃不过这一劫了。

半个月后,他竟然挺了过来,连医生都觉得这是个奇迹。

她喜极而泣,紧紧拉着他的手说:"我还以为……你要撇下我先走一步呢。"

他说:"我说过的,我要管你一辈子!"

她甜甜一笑,宛如幸福的新娘……

赤脚医生

蓝 月

赤脚医生是二十世纪六七十年代的乡村医生。

为什么要叫赤脚医生呢?

那时候都是泥路,遇上下雨天,农村人一般不穿雨鞋,都是光着脚走路,乡村医生也不例外,于是农村人叫乡村医生不叫乡村医生叫赤脚医生。

也正是因为路道不好,农村人生病一般都找赤脚医生,小到感冒发烧拉肚子,大到毒疮扭伤婆娘生孩子。可见当时的赤脚医生是不折不扣的全科大夫。

苏小妹就是这样一位赤脚医生。

苏小妹 13 岁就辍学了,也不是笨,就是没心思读书。

姑姑说,不读书你干啥?

苏小妹说,我要跟你学医,我想和你一样当赤脚医生。

就跟姑姑学起了医。

姑姑给人看病,苏小妹忽闪着大眼睛在边上看。

一天,姑姑出诊去了,留下苏小妹照看诊所。

一位母亲拉扯着一个脏不拉几的孩子进来,孩子哭叫着拗着劲不肯进屋。

苏小妹赶紧迎出去,原来孩子脑袋上长了一个毒疮,鸡蛋大,鼓鼓的,里面已经化脓了。必须马上开掉。孩子怕疼死活不肯找医生。

苏小妹笑着对孩子说:"不一定要开刀的,你过来,我帮你看看,我只要用手一摸,你的毒疮就好了。"

孩子看着这个比自己大不了多少的小医生,将信将疑就走进去了。

苏小妹说我用酒精帮你消消毒,一点都不疼,凉凉的很舒服的。

说着就拿一团酒精棉在毒疮上擦,噗,一股浓水就滋了出来。孩子还没什么感觉,苏小妹已经将伤口上好药包扎完毕了。

嘿嘿,没事了,几天就好了。

孩子的母亲也傻眼了,背着孩子问苏小妹,你怎么弄的?

苏小妹调皮地一笑,翻过掌心,原来食指和中指间夹着一片锋利的刀片。

后来小孩子长毒疮都指名道姓要苏小妹给治。

姑姑笑着说,想不到你这丫头还真是行医的料。

一次,姑姑带她去给一个农妇接生。

产妇躺在床上疼得汗珠子噼里啪啦地掉,孩子就是生不下来。

好不容易有动静了,一看,不得了,孩子脐带先出来了。

这种情况有可能会导致孩子窒息死亡。最好的办法是剖腹产,可是剖腹手术要大医院才能做,现在送大医院肯定来不及了,姑姑也急得汗珠子噼里啪啦地掉。

苏小妹说,姑姑,让我试试吧。

你?虽然姑姑满腹狐疑,但是事不宜迟,死马当活马医吧。于是点了点头。

洗手消毒。苏小妹将右手小心地伸进产妇产道,使劲往上一推,咯吱,进去了。

亏了苏小妹手小还细滑,产妇并没有丝毫痛苦。

孩子终于降生了,但是脸色苍白,有窒息症状。

苏小妹赶紧进行嘴对嘴人工呼吸,不久孩子哇的一声哭了出来。

在场的人都松了一口气,无不向苏小妹翘起了大拇指。

那年苏小妹15岁,15岁就成了颇有名气的赤脚医生,特别是接生受到了产妇们的一致推崇。

几年下来,经苏小妹之手接生的孩子不计其数。

这次,苏小妹又成功接生了一名胖乎乎的男婴。男婴的奶奶抱着孙子直乐,突然看着身材凹凸有致的苏小妹问:闺女你多大了?

二十了。

不小了,你别光顾着替别人接生孩子,自己的事情也该考虑下了。

苏小妹脸一红,还早哩!

其实苏小妹心里有一个人——关在牛棚里的李大头。

李大头参加过抗日战争,虽然立功无数,却放掉过一个日本兵。在那个敏感时代,这问题的严重程度可想而知了。

李大头自己也觉得有罪,心甘情愿认打认罚。

因为在战场上负伤瘸了一条腿,李大头快四十了还是孤家寡人一个。

苏小妹经常给李大头送吃的,浆洗衣服。

村人都说这个苏小妹当赤脚医生当傻了,别人看见李大头都躲得远远的,她倒好,一个黄花大闺女,和个通敌间谍纠缠不清。

话传到姑姑耳朵里,面对姑姑的质问,苏小妹说我觉得李大头不是坏人,他放那个日本兵一定有隐情。其实作恶的不是当兵的,是指挥他们的人,那些日本兵同样也是战争的受害者。

姑姑赶紧捂住了苏小妹的嘴巴,你这不知轻重的丫头,可不敢瞎说。

大队支书也给苏小妹做工作,说别为了一个坏分子毁了自己的前程。

苏小妹抬手把乌黑的发辫甩到背后,挺了挺胸说,为了新中国他已经废了一条腿,而且他立了那么多功,就算有过也抵消了。他要是出不来,我给他送一辈子饭。

说到做到,苏小妹真的把铺盖卷搬到了李大头屋。

这还了得?赤脚医生被罢职,跟着农妇们下田种地去。

看着累得一歪一倒的苏小妹,李大头心疼得直淌泪。

苏小妹笑着说,瞧你个大男人,就这点出息啊?放心吧,你老婆不是豆腐捏的,别人能干我也能干。

没多久,苏小妹就把农活就干得有模有样了,不过队里还是把她调上去当赤脚医生了。因为大队里新换的赤脚医生,并不太在行,村里人怨声载道,都念叨着苏小妹。

后来李大头不但被平反了,由于抗战立过功,还享受了干部待遇。

村里人都咂着嘴说苏小妹,当年你寻死觅活要嫁给李大头,原来你长着前后眼啊!

苏小妹也笑了,正了正肩上的药箱说,我没长前后眼,但是我相信好人有好报。

初吻

戴宝罡

　　如果实话实说，少年的我还是有女孩喜欢的。上初中时，女同桌和我就很好了，好到你用我的钢笔，我用你的圆珠笔写作业的地步，当然，写好作业也互相对对答案。晚上放夜学，我们会磨蹭到最后离开学校，她在前面踢踢踏踏，我不紧不慢跟在后面。送她到家门口，一看她开门进去了，我才转过头，飞一般往自己的家跑。

　　马上初中毕业了，一次自习课，她偷偷地告诉我，她决定考高中。又问我，我黯淡地说我英语太差，加之以后可以接爸爸的班进城当工人，还愿意写小说，所以就不考了。她听了，沉思了一会儿，把一支新钢笔递给我："祝你写出好小说。"我郑重地接过来，也想送她点别致的礼物，可是翻了自己的书包许久，也没有找到理想的东西，最后只好把自己认为下水流利的一支钢笔送给了她。

　　很快我们就分别了，她继续在学校复习考试，我下学了，在自己的小屋子里捣鼓小说。有时候写累了，也会想想这位自己觉得最漂亮的女同桌，想她会不会想我，想她凭什么要想我，既盼她顺利考上高中，又希望她考不上高中。总之很矛盾。再以后，就听说她竟然真的考上了高中。与此同时，我患上了单相思，总是希望见到她，总是想再听听她的声音。每一个周六的傍晚，她都会从镇上的学校骑自行车回家休星期天，然后在星期天的下午再骑自行车返回学校。因此，每一个周六和星期天的下午，我都会借口拾草或者铲地等在公路上，盼她骑自行车过来。她真的来了，我倒害怕了，远远躲着她，连头也不敢抬，并且还生怕她发现我。一直看她骑车跑出远远的了，我才追到公路上，眺望她青春的脊背，心情很复杂。

　　这样过着，就在我即将崩溃时，爸爸单位照顾老职工子女，我进城干了临时工。那年我 17 岁。

我们一同入厂的男男女女四十多人，许多少男少女开始了他们的恋爱生活。我由于一直思念着女同桌，因此，觉得这些女孩根本不漂亮，而且……反正我不会和她们交往。我们这儿，男女联姻的时间比较早，加之那年代工人地位高，家里给我提亲的人就络绎不绝，我很坚决，一概不同意，也是没人给我提我女同桌的缘故。其实人家还在上学，怎么会提亲呢？

转眼就到了我 18 岁的春节，我陆陆续续听到一些消息，说我的女同桌在高中学习很好，考大学是不成问题的。我立刻觉得万念俱灰，她假如考上大学，我就一点希望也没有了，我气呼呼地过了一个春节，看什么都不顺眼，正月初九发狠地理了一个光头。当我的头发长出一寸的时候，又有媒人上我家门了，我一冲动，抱着开开心心的目的跟媒人去第一次相亲。

料不到我相的这个女孩会很漂亮，我的眼睛立刻亮了。看来男孩子难免要喜欢漂亮的女孩呀。我就没有脱俗。我暂时忘记了女同桌，和这个女孩像谈恋爱一样交往起来。

有亲身经历的同志应该知道，谈恋爱，时间过得是最快的。真的很快，我还没有留意，秋天来了。到了摘取果实的时候了。其实很久以前我就在心里盘算如何摘女孩的果实——先拉拉她的小手。可是理由，找什么理由呢？那一天晚上，月亮很大，我们谈到了很晚，我一直在寻找拉她小手的机会。我浑身颤抖着，久久地不愿意离开她。不知怎么回事，我突然冒出一句："你打我一下吧。""打你？我为什么要打你？"她很惊讶，我往她跟前凑了一步："打是亲，骂是爱。"我竟然说出这么流氓无耻的话，我的嘴唇哆嗦着，傻呆呆看着她。她扑哧一笑，小手真的来打我的肩头，我大胆地过去抓住她的小手，呀，触电一样，我的肩膀，不，是我的全身麻酥酥。再以后，我就不知道怎么回事了，我们的嘴唇竟然黏合在了一起，那时，我就只有一个感觉：嘴里甜甜的。是的，甜甜的，但绝对不是水果糖那样的甜。

忽然，我们听到了鸡叫。我俩吓得分开了。这时我才发现，她哭了，弄得我一脸的鼻涕和眼泪。我们还说了什么，我也记不起来了，我唯一记得的就是那个白天，我的眼前一直闪烁着嘴唇，一个一个很大的嘴唇在眼前飘。我暗暗地下决心：我永生永世对这个女孩好。

老天开始考验我了。又一天的中午，我单位来了找我的客人。我一呆，竟然是我的女同桌来了。她说进城来看亲，现在要回家，希望我陪她回家。哦，我的老天。

　　无奈,我骑着自行车一同和她上了路。我们村离城里三十多公里,我们整整走了五个多小时。她告诉我,她没有考上大学。我告诉她,我很不要脸,早早就找了媳妇,还把人家……我不能干伤天害理的事情呀。

　　女同桌一怔,眼泪静静地留下来。最后她说:"祝您幸福!"她伸出了手。我没有敢上去握,我知道握女孩的手像通电。但我的眼泪也淌了下来。

　　从此,我相信了缘分。

你的情书藏哪里

　　那天，真的完全是无意，赵光明在看一个电视剧，电视剧中的男人，藏了一堆和以前恋人之间的情书，然后情书就被男人现在的老婆发现了，老婆问男人，你藏这些情书到底是什么意思？是不是还想着旧情复燃？男人就解释，老婆却不听，怎么解释都不听。到最后，就因为这事儿，两人就离婚了。

　　天不是很热，看完电视，赵光明的额头却隐隐有了些汗。

　　赵光明也藏了一些情书。

　　那些情书，就塞在赵光明书橱内，一排排书的里层。

　　当然，那些情书，老婆刘美丽是不知道的，也是万万不能让她知道的。刘美丽是个疑神疑鬼的女人，以往赵光明出差，或是因事晚归时，刘美丽总有事没事地凑近赵光明，借机想闻闻他身上的味儿。又或是拿着赵光明换下的衣服，进了卫生间，然后半天都没出来。

　　因而，赵光明哪次不是小心思量着？哪敢有半分越雷池之念想？

　　可这情书——

　　赵光明想起了电视剧里的画面，若真被刘美丽翻到了，离婚，闹不好，还真能被闹个离婚！

　　一想到这儿，赵光明的脑子里就开始想了，这情书，该怎么处理呢？

　　还好，今天刘美丽去陪朋友逛街去了，能留下点让赵光明可以多考虑的时间。

　　烧了？

　　不行，不行。赵光明想。

　　那些情书，虽然已经不重要了，但毕竟也是自己年少时的一段真挚的情感。

　　偶尔,赵光明一想到那时初恋的女孩,心就不自觉地回到了那时的青葱岁月。那时的日子,可真的是晴空万里,绿树成荫啊。在操场上,在校园内,漫步,徘徊,曾经留下过多少美好的回忆,而这一切,也都是一去不复返的,都只存留在脑海里。

　　而唯一被保留下来的,就是那堆被叫做情书的信。

　　所以,这些,必须要保护好。

　　想想,放在这书橱里,似乎真的是很不安全。

　　刘美丽平时很少看书,但要看书时,就站在书橱边不走了,搬一张凳子,一本一本地,饶有兴趣地翻。

　　可不定哪天被她翻到呢!

　　那这情书,到底该藏在哪里呢?赵光明坐在沙发前,就开始想。

　　想啊想,赵光明就想到了衣橱。

　　自己的衣橱,一向是赵光明自己整理的。有时赵光明想让刘美丽帮忙收拾下,刘美丽都朝赵光明瞪眼,说,你一个大男人,就不能自己做点事儿吗?

　　于是,赵光明就把那袋子情书,藏在了衣橱靠里的衣服中间。

　　可几天后,当赵光明下班回家时,他就突然后悔了。

　　赵光明看见刘美丽居然在翻弄着他的衣橱,赵光明的表情顿时就有些不自然,刚想说什么,刘美丽倒先说了,看你衣橱那么乱,正好有些时间,帮你理理。

　　赵光明哦了一声。

　　还好,赵光明藏得还算隐蔽,没被刘美丽发现。

　　但赵光明却被吓到了,想,这衣橱也不是藏情书的好地方,看来得再想办法了。

　　想啊想,赵光明就想到了儿子房间的地毯。

　　儿子三岁了。正是喜欢到处爬到处闹的年纪。为了能让儿子爬在地上不至于受冷,赵光明和刘美丽就给儿子买了一条和房间面积一样大的地毯。

　　而儿子房间里乱糟糟的,到处都塞满了他的那些玩具。反正情书也不厚,若是把情书塞在他的地毯下面,应该是最安全的。

　　于是,赵光明就把情书悄悄塞在了儿子的地毯下面。

　　可那天,赵光明下班回家时,又傻眼了。

　　刘美丽居然在儿子的房间,翻那条地毯。赵光明忙走进去,问刘美丽,怎么了？刘美丽说，刚才在整理厨房时，跳出来一只蟑螂，钻进了地毯里。

赵光明故作镇定地哦了一声，说，要不我来翻吧，这翻地毯的事儿哪是你女人做的？刘美丽满是狐疑地看了赵光明一眼，就走了出去。

趁刘美丽走开的半晌，赵光明忙从角落处翻出了那袋情书，贼一样地拿了出去。

看来，这儿子房间的地毯，也不安全啊。

晚上，赵光明睡不着了，冥思苦想着，这情书，到底是该藏在哪儿呢?!

想着，赵光明不觉就看到了床边的床头柜。

赵光明的眼前顿时一亮，不是说最危险的地方，就是最安全的地方吗？赵光明还记得，在买这床头柜时，他就发现了里面的夹层，抽屉与抽屉之间的夹层。这是一般不会有人想到和发现的。

第二天中午，赵光明特地溜回了一趟家。

因为路远，赵光明和刘美丽中午一般都是在单位吃饭的。

赵光明先拿了那袋情书，然后就抽出了床头柜的抽屉。

再然后，赵光明就愣住了。

抽屉后面的夹层里，已经塞满了厚厚的情书——老婆刘美丽的情书。

当你孤单你会想起谁

崔　立

　　一个假日的午后,我看完了电视,跑到电脑前时,QQ 显示,有一个陌生人要加我,我粗略看了下那个人的个人资料。依我以往的习惯,我会直接给拒绝了。我不是一个习惯和陌生网友交往的人。当然,我更怕是朋友的恶作剧,注册一个 QQ,加了我,很无聊地和我说些什么。

　　不知怎么的,这次,我想了想,居然加她为好友。我不知道这是什么原因,我为什么会加她。也许是在我的内心深处,对于陌生网友也并不排斥吧。

　　她问的第一句话,就是,上海的天气好吗?

　　我看了看窗外,灰蒙蒙的天,有点阴沉,我给她回复,快要下雨了吧。

　　她说:"谢谢你。"

　　后来她就没了下文。

　　我以为这又是我的哪个朋友做的恶作剧。我就想逗逗她。

　　于是,我又问,你认识我?

　　她说:"不认识。"

　　我问:"那你是怎么想到加我的呢?"

　　她说:"乱加的。"

　　我问:"有什么原因呢?"

　　她说:"因为你是上海的。"

　　我说:"我不明白。"

　　她说:"其实,我只是想知道一下上海的天气。"

　　我说:"你若想知道这里的天气,上网搜索一下,不就全都有了吗?"

　　她说:"不,我不喜欢搜索,我只是想知道此时此刻的天气状况。"

我想了想,有些明白了,我说:"是你有朋友在上海吗? 男朋友?"

她说:"你真聪明。"

我说:"一个女孩一个劲地打听一个城市的天气,如果不是因为那里有她牵挂的人,她又何必去打听呢?"

她说:"可惜,他已经不是我的男朋友了,他是我的前男友,我的初恋。"

我说:"他不爱你吗?"

她说:"他曾经因为爱我,甚至想过和家里断绝关系。"

我说:"那你不爱她吗?"文字发出去,我不由自己笑了,女孩如果不爱他,又怎么会去想他呢? 我忙发过去一个尴尬的表情。

她似乎看出了我的尴尬,说:"没事。"

我有些不明白了,我说:"既然你们如此的相爱,为什么又要分开呢?"

她说:"你应该明白的,爱是一回事,能不能在一起又是另外一回事。"

我说:"那你们彼此之间还有来往吗?"

她发来个苦笑的表情,说:"早就不来往了,有三年多了吧,没有他的一点音信。"

她说:"其实有一次,我出差,是在上海转的机。下了飞机时,我就能闻到他在这座城市的气息。原本我是可以逗留一天的,但我后来还是没有留下来。"

我说:"那不是很可惜吗?"

她说:"没什么可惜的。"

她说:"还有一次,是一个同学聚会。毕业好几年了,好不容易的一次碰面。我原本是准备去的。可听说他也会来,我还是没去。听说他已经结婚了,彼此再面对,会不会是很尴尬呢?"

其实,我是很想问她,他们到底是因为什么而分的手。但这无疑会加深她的伤楚,剥开分手给她造成的伤疤。

我还没来得及回,她倒自顾自地又打来一段文字,她说,曾经以为我们会永远在一起,拥有一个幸福而美满的家,我们为此做着不懈的努力。但在现实面前,又不得不去低下我们高昂的头颅。那些说好要在一起的山盟海誓,真的如同是过眼云烟一般。

她还说,其实已经有很长时间不再想他了,但我总是在一个人独处孤单的时候,就会不由自主地想他。我并不想知道他现在过得是怎样,幸福与否。我只想知道,他那里的天气会是如何。

坐在电脑前，看着她打来的这段文字，我在那里看了好久，也坐了好久。

我忽然想，我要不要也去打听一下某一个城市的天气呢？听说，那里最近是要起风了。

花开只一次

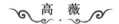

高　薇

　　我和小妍相识在一个叫"恋恋风尘"的迪吧里。

　　我那时刚刚被一个女孩甩了，这对我来说是从没有过的事。那几年我一直走马灯似的更换着女友，长则一年半年，短则十天半月。可这一次有所不同，旧的走得突然，新的还没有到手，我心里觉得沮丧极了。

　　早春的天气还有些冷，我带着满身的酒气和一颗寂寞的心想到迪厅里碰碰运气，于是，我走进了一个叫"恋恋风尘"的迪厅里。

　　摇曳的灯光，动感的音乐，狂热奔放的人群，这些让我的情绪一下子激昂起来，我拼命摇摆，蹦跳，将脑袋使劲地甩起来，真痛快！片刻间失恋的烦恼就抛到了九霄云外。

　　忽然，不远处出现了一团舞动的红云，好美！我心里微微一动，不由自主地挪动脚步，向那团飘忽不定的红云靠过去。

　　从迪厅出来，我知道了她的名字叫小妍。

　　几天后的一个早晨，我找了小妍坐落在城郊的花圃。

　　大片的郁金香正含苞欲放，红的，黄的，黑的……汇成五彩缤纷的海洋。晨光里的小妍正忙碌着，和几个花商模样的人说着什么。

　　等小妍忙过一阵，我才走过去。

　　很能干啊，小妍。我招呼了一声。

　　是你?! 小妍显得很高兴。她穿一身白色运动装，长发已高高地盘在头顶上，发髻上斜插了一个镶钻的簪子，在初升的阳光里闪烁着银光。小妍的眼睛亮亮的，满含笑意，白嫩的脸上像抹了一层红云，一副温柔可爱的样子。想起那天在迪厅里疯狂的小妍，简直判若两人。

　　我跟在小妍身后，在花圃里游览着。小妍兴奋地向我介绍了有关花的

知识,让我大开眼界。这么大一片花圃,原来只有小妍和她母亲经营着,我由衷地赞了一声:"小妍,你可真行啊!"

小妍说:"我从农村老家来这里几年了,为了母亲我吃过很多苦,现在总算出头了。"小妍说这话的时候,脸上的神情是严肃的。

我想象着,一个和母亲相依为命的女孩,得经过怎样的奋斗才得到了眼前这些呢?

黑色郁金香!我惊叫一声,脚步慢下来。

第一次看到?小妍问了一句,接着向我一一介绍,什么"黛颜寡妇"、"绝代佳丽"、"黑人皇后",我望着这些高贵神秘的黑色花朵,感叹着这世间万物的奇特。

在花圃最里面一片紫色郁金香旁边,小妍蹲下来,神情变得专注而宁静。不知怎的,我心里忽然生出一种久违了的柔情,我也在她身边蹲下,悄声说:"喜欢紫色的?"

小妍点点头。

小妍幽幽地说:"世上原本只有白色郁金香,传说是一位王子俯身用手抚摩过花瓣之后,那片白色的郁金香霎时变成了紫色。王子用紫色的郁金香叩开了他热爱的姑娘的心,而那位姑娘最终却又离去了,王子伤心而死,所以紫色郁金香代表的是爱情的忧伤。"

哦,干吗死去呢?王子可真傻,为什么不再寻找一个呢?就像这些花,一茬开过,又一茬还会开,并且会更漂亮。我用调侃的语气说着,也是想劝小妍不必沉溺在这种毫无意义的虚拟的忧伤里。

小妍吃惊地抬头望着我,说:"你说错了,花开只一次,下茬的永远和这茬不一样,错过了就再也不会有了!"小妍说着,脸上又抹上一丝淡淡的忧伤。

确切地说,我就是从那个时候爱上了小妍。是小妍的神情一下子打动了我,我觉得自己心灵深处的一根弦被一双无形的手拨了一下,轻轻地颤动着,发出似有若无的声响。

小妍!我喊了一声。

嗯?小妍扭头看着我,扑哧一声乐了。

我笑笑,觉得脸有点儿热。

我和小妍的爱情在这个夏日里也迅速升温,这是个梦一样温柔的江南女子,她赖在我怀里的感觉真好,她软得像一团面,任我揉搓。我知道,小妍一直是想和我结婚的,可我不想过早地负上家庭的担子,还想趁年轻多享受一下爱情的甜蜜。

又一个春天到来的时候,有一天我正在歌厅里唱歌,怀里抱着一个妖冶的小姐——是铁哥们儿请的客,小妍突然地推门进来,然后又马上退了出去。我推开怀里的小姐跑出去时,小妍已经上了一辆出租车。

打过几次电话,小妍不理,我也就不再打了。

我又开始了走马灯似的更换女友的生活,这样的日子开始是快活的,后来我却觉得无聊,我拿每一个女孩和小妍比,就忆起许多小妍的好。

又是一个暮春的黄昏,我驱车来到小妍的花圃,徘徊一阵,终于走进去。

小妍不在? 我问一个戴眼镜的中年男人。

小妍,小妍是谁? 中年男人冷淡地说。

就是这个花圃的主人。我急切地解释着。

这个花圃已经转了几转,现在的主人是我。男人甩下一句话,转身往花圃深处走去。

我愣了一会儿,悻悻地退出门外。

脑子里忽然空了,意识全无,我随意地走着。

一阵熟悉的歌声飘来:

水向东流时间怎么偷

花开就一次成熟我却错过

……

抬头一看,不远处"恋恋风尘"的大招牌在黄昏的夕阳里发出五颜六色的光,我停下车,心想,好久没来这里了……

当我的媳妇儿好吗

远 山

阿华是七星村里唯一到过省城的人,他考上了省城的一所大学。但是,阿华只上了两年,就又回到了村子里。原因是,阿华疯了。疯,是村子里的人的说法。实际上,按照现在的说法,阿华只是精神方面出了些问题。阿华在学校里谈了一个女朋友,女朋友叫小安。小安一开始对阿华很好,但是后来,小安又和另外一个男孩好上了。阿华接受不了这样残酷的现实,就疯了。

阿华的疯和一般人的疯不一样,他既不狂呼乱叫,也不打人惹事,他只是不说话,很安静地在村子里走来走去。阿华留着偏分头,而且头发一天到晚梳理得整整齐齐。阿华的衣服也是干干净净的。他有一件土黄色的夹克衫,他一出门就换上那件土黄色的夹克衫,一进门就把那件夹克衫脱下来叠好放在枕头边,当宝贝似的。那时候,夹克衫在乡下还是非常时髦的衣服。阿华还有一个很好的习惯,他天天刷牙。据阿华的家里人讲,他一天还刷两次牙,早上一次,晚上一次。所以,阿华的牙齿在村子里的男人中间是最好的。

有时候,阿华一个人会走到村子外面的田野里。他在田野里静静地站着,一句话也不说。这时候,阿华更像是一个诗人,一个正在欣赏着田园之美的诗人。果然,阿华站在那里看了一会儿之后,开始朗诵起来:

  她伫立门外把我迎接,
  接着慢慢让我享受欢欣,
  她赶到我身边要与我亲吻,
  她的倩影在我眼里伶俐动人,
  像是火烧烙印,铭记我心。

孩子们常常会悄悄地跟在阿华的身后,听他朗诵些什么。孩子们自然听不懂阿华的朗诵,他们自然不知道阿华朗诵的是歌德的诗,他们还不知道歌德是谁,不知道歌德的哀歌里有这样的诗句,他们只是觉得非常好玩,非常好听。于是,在阿华朗诵之后,他们会噼噼啪啪地拍起巴掌。阿华扭头看孩子们一眼,露出雪白的牙齿,羞涩地笑笑。

那时候我大约十一二岁的样子,正在上小学三年级或者四年级。午饭后,大人们都睡午觉了,我不愿睡,就在村子里到处闲逛。有一次,我无意中走进阿华家的院子里,突然看到阿华正迎着窗户坐在一张桌子前。阿华看见我,小声地叫我,小安,你过来!说着,还朝我招手。我大着胆子走过去,看他在干什么。阿华隔着窗户把一个红色塑料皮的笔记本递给我,示意我看。我那时已经认了不少字,那笔记本上的字我全部认识!其实,在那个笔记本上,从头到尾写着的都是两个字:小安小安小安……我吃惊地翻看着那个写满我的名字的笔记本,不知道是什么意思。过了一会儿,阿华从我手里收回那个笔记本,对我神秘地笑了一下。

当天,我就把这件事告诉了大我一岁的哥哥。但是,我哥哥马上就把我出卖了。吃过晚饭,妈妈把我叫到她的房间里,让我告诉她事情的始末,我只好老老实实地一一道来。妈妈见没有什么大不了的事,神色也放松下来。但是,妈妈仍然警告我说,什么时候看见你再去他那里,就打断你的腿!他是个疯子,你不知道?小心他咬你一口,你也会变成疯子!

有一天中午放学,我们在村口遇到了阿华。那时候阿华的手里正拿着一朵粉白色的野蔷薇花。阿华看见我笑笑,置别的孩子于不顾,径直走到我的跟前,把那朵粉白色的野蔷薇花插到了我的头发上,还拉了拉我的手,很轻地说:当我的媳妇好吗?孩子们围着我拍手大笑,七嘴八舌地叫:阿华媳妇儿!阿华媳妇儿!我也傻傻地笑。这事经由我的哥哥的渲染传到了妈妈的耳朵里,我又挨了妈妈的一顿臭骂。

阿华终于还是出事了。事情是在一天夜里发生的。清早出工的人们发现村子的河里飘浮着一张张白纸。有几张被风刮到了河边的杨柳上。接着,人们就发现河中间有一个很大的漂浮物。人们去打捞漂浮物时才发现那是阿华的尸体,他走的时候身上穿的还是那件土黄色的夹克衫。把他的尸体抬上小板车时,人们发现那件土黄色的夹克衫的背后用红油漆写了大大的"小安"两个字,有些孩子捡到了那被风刮到河边的白纸。捡不到的,就用树枝去捞那水中的纸。终于,许多孩子都看到了那些写满了字的纸,他们

拿在手里大声念那白纸上面已经被水模糊了的字,小安小安小安……

那天晚上,妈妈在吃晚饭的时候,突然流着泪骂了起来,这个阿华,死了还要写什么字。

夜里,睡在床上,我把自己想象成阿华的媳妇儿。我想起阿华让我看那个写满了小安名字的红色塑料皮的笔记本,想起阿华插到我头上的那朵粉白色的野蔷薇花,想起阿华轻轻地对我说,当我的媳妇儿好吗? 终于,我的眼泪止不住地流了下来。

浪漫夕阳

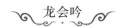

龙会吟

　　我一定是堕入爱河了。他想。这样想着时,他不觉吓了一跳。他怎么还会堕入爱河呢? 他快 70 岁了,头上已没几根黑发,怎么还会堕入爱河? 可是,他堕入了。他发觉自己爱上了一个年纪和他差不多的丧偶女人。

　　一个人独处时,他脑子里总是想着那个女人。那女人的一颦一笑,那女人和他说话时的甜蜜神情,都像他那已经去世的妻子。这使他激动,使他兴奋,使他全身充满了激情。他发觉,那个女人对他也有意思,而且意思不一般。她看着他的时候,像个少女,两眼脉脉含情;她和他说话的时候,语气里充满关爱;社区搞活动时,她总是自觉不自觉地坐在他的旁边。这一切都使他感觉到,她对他确实一往情深。

　　他醉了,一颗心成天浸泡在他的爱河里。

　　可是,他不敢把他的心思告诉任何人,不敢告诉他的儿子,也不敢告诉他的女儿,更没勇气对那个女人表露。他只在暗恋的油锅里,自己煎熬自己,煎熬得心力交瘁。

　　他察觉,那个女人的脸上,好像也有了憔悴。也许,她和他一样,也在煎熬自己!

　　终于,他决定给她打个电话。他拿起话筒,刚拨了 3 位数,儿子的脚步声就响了进来,吓得他连忙撂下话筒,一只手按住"咚咚"跳的胸膛,做贼似的溜到了自己的卧室里。从此,他再也不敢去摸电话。他总觉得背后跟着儿子的一双眼睛。

　　那天,他看见几个年轻男女在用手机通话,便突发奇想,要是有部手机多好。有了手机,他给她打电话时,可以到僻静的地方去,儿子就不会发现。他对儿子说,他要买部手机。儿子惊讶地望着他,心想你一个老头,又不经

常和外界打交道,你要手机干什么? 儿子仅仅惊讶了一下,马上又连连点头说:"好,我明天给你买回家。"

从儿子手里接过手机,他迫不及待地走进卧室,又把卧室门关得紧紧的,急着给她打电话。刚拨通号码,又摁下了。他打的是她家里的电话,万一接电话的是她的儿女,那怎么好意思? 还是莫打为好。现在的人时兴发手机短信,干脆给她发短信。他去找他的孙子,要孙子教他发短信。

孙子很奇怪,问:"爷爷,您发短信给谁?"

他的脸红了一下,马上又掩饰地说:"不给谁发,爷爷自己玩。"

孙子就耐心教他。教了半天,他才学会。可是他白学了,那女人没有手机。他抱怨地叹了口气。怎么不买部手机呢? 现在的人都时兴用手机了,你怎么这样保守? 一连几天他都唉声叹气。儿子儿媳都觉得奇怪。

一天,儿子对他说:"爸,阿姨听说您买了手机,向我打听您的手机号码。"他的心猛然一跳,说:"她打听我的手机号码干什么,她又没有手机?"儿子偷偷一笑说:"阿姨买手机了,手机号码是 1357492XXXX。"他便牢牢地记住了:1357492XXXX。

他给她发出了第一个短信:有心折花怕有刺。

她的短信也发来了:花开堪折直须折,莫待无花空折枝。

他又发:夕阳是迟到的爱。

她也发:夕阳是未了的情。

他发得更大胆了:我爱你!

她也很大胆:我更爱!

两人同时发:人约黄昏后。

两人就约会了,在夕阳西下黄昏之时。约会的地点在城郊小河边。晚霞烧红天际。两人心中都燃烧着爱的火焰。

他想浪漫一下,说:"我俩都不说话,用手机短信传递心声。"

她说:"什么手机? 我哪来的手机?"

他吃惊了,说:"你没有手机? 那你用谁的手机给我发短信?"

她也吃惊了,说:"我什么时候给你发过短信? 我从来没给你发过短信。"

他的眼睛瞪得老大,问:"那你是怎么收到我的短信的?"

她说:"你不是经常托我的堂侄女捎信给我吗? 是她告诉我你约我来这里。"

他更吃惊了,说:"我什么时候托你堂侄女捎过信?我只用手机给你发过短信。"

她说:"我又没有手机,你发什么短信?"

他说:"我儿子说你买了手机,手机号码是1357492XXXX。"

怪事!她叫了起来。

他也叫了起来。他一直以为,他在和她直接通短信,没想到还经过了一个中转站。那么,你到底愿不愿意和我……他问。

她娇嗔地瞪了他一眼,说:"我不愿意,怎么会到这里来!"

她的脸红了,他的脸也红彤彤的,就像天边的夕阳,温馨从容中,奔涌着一股浪漫的色彩。

长吻的魔力

王培静

　　宋阳买早餐回来,轻手轻脚地进了卧室,宁静像个小猫似的蜷在那儿睡得正香。他坐在床边仔细地端详着妻子,目光里满是柔情。宁静慢慢睁开眼睛,见宋阳盯着她看,不好意思地问:"你干什么这样看着我? 不认识啊?"

　　宋阳刮了下她的鼻子:"怎么,还害羞? 我觉得我老婆越来越好看了。"

　　宁静说:"去你的吧,你是想讨我高兴,让我平常对你儿子好一点,是不是?"

　　宋阳说:"是,也不是,我说的可是实话。来,我侍候你们娘儿俩起床,待会咱们还得去医院。"

　　吃完早饭,宋阳去洗碗,宁静开始打扮自己。宁静一边化妆嘴里一边哼着歌。等两人收拾利索,刚准备出门,突然,宋阳的手机响了。

　　接完电话,宋阳满含歉意地对宁静说:"太对不起你了老婆,刚才是支队刘政委打来的电话,市政府边上的华威宾馆着火了,已去了 5 辆消防车……"

　　我真是倒霉透了,每次去医院检查身体,人家都是成双成对,就我一个没有人陪。医生、护士看我的眼光都不一样,好像我肚里的孩子不明不白,不知从哪儿来的似的。

　　火情就是命令,虽然政委说,赵副队长带队去了,但作为支队长,我还是放心不下。老婆,你就再委屈一回,下次我一定陪你去。

　　他边说边走回了屋里。当从卧室出来时,他已换上了军装,手里还抱着老婆的外套。他走到妻子跟前,温和地说:"来,亲爱的,穿上外衣,咱们一起出门。我知道你是刀子嘴豆腐心,你嘴上这样说,心里是能理解我的。"

　　听了宋阳的话语,宁静脸上的怒气消下去了一大半,乖乖地配合丈夫穿上外套,依在丈夫的怀里不肯离开。宋阳用眼光偷偷瞄了一眼墙上的钟表,双手既小心又用力地把宁静抱住。宁静才开始还有些拒绝,慢慢就接受了这个长长的吻。当两人结束这个几乎使人窒息的长吻后,宁静娇嗔着说:"讨厌,谁容许你亲我的?"

宋阳笑着说:"今天我这个吻,可不是一般的吻,给你体内注入了神力,请你相信,今天你走到哪里,哪里都会有人帮助你、让着你的。"

"我才不信你的鬼话哪。"宁静说。

"你回来再说,看看我说的话是不是灵验。"

两人手拉手出了门,走向路边打车。他们还没招手,一辆车从后边过来,轻轻地停在了他们面前。宁静还有些纳闷,司机师傅已经笑着走下了车,拉开另一边的车门,请宁静上车。

宋阳嘱咐道:"别着急,路上小心。"

司机师傅说:"您就放心吧。"

看着载有妻子的出租车走远,宋阳又打了一辆出租车,向相反的方向走了。

宁静坐的那辆车开车的是个女司机,一上车她关切地问这问那,几个月了? 一切都正常吧? 没事多活动,要开心,注意营养,定期检查……一路上,说得宁静心里热乎乎的。下车时,司机不要车费,宁静坚持给,司机只收了10 元钱。下地铁台阶时,一个小姑娘原是向上走的,路过后,她回头看了一眼,接着转身又走了下来,对宁静说:"阿姨,我来扶你吧。"她一口一个不用。但小姑娘还是固执地架住了她的胳膊。

上了地铁车厢,没有空座,宁静刚站稳,一个小伙子站了起来,对她说:"你坐这儿吧。"她有些不好意思,说:"您坐吧。"这时离她近一点的一位中年人也站了起来,笑着对她说:"您坐这儿吧,我马上到站了。"她说了声"谢谢",坐了下来。她注意到了,实际上地铁运行了好几站,那位中年人也没有下车。她心想,真像宋阳说的,他的吻起了作用? 今天净遇上好人了。

到了医院,挂号,检查,拿药,一排队,她后边的人就会主动对她前边的人说,让她排前边吧。她怎么说不用也没用,大家都让着她。回来时她在路上停了一下,一个老大爷走上来问她,闺女,你需要什么帮助吗? 她忙说:"大爷,不用,谢谢你。"去医院这一趟,来回都出奇的顺利。

刚到家门,宋阳也打车回来了。他没有回单位,是直接从火场回来的,脸都没来得及抹一把。一见面,俩人同时说出了一句话:"你没事吧?"说完

俩人眼里都盈满了泪水。

进了家门，宋阳关切地问："路上有没有人帮助你？"

"你怎么知道路上有人会帮助我？"宁静反问。

"我那个吻的神力我还不知道？"

"瞎吹吧你就。"虽然这样说，宁静还是满足地笑了。

趁宁静不注意，宋阳偷偷从宁静外套上拿下了别在上面的那个纸条。

那个纸条上写着一句话：我是一名消防战士，因有火情去救火了，请您替我照顾她，谢谢。

寒冬里的夏天

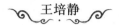

王培静

倒了两次火车、三次汽车，支荣终于被送给养的军用吉普捎到了目的地——丈夫睢乡所在的哈里边防哨所。

司机帮忙卸下给养，向睢乡做了个鬼脸，笑着说，睢排长，嫂子来一趟不容易，你可要好好——招待招待。

睢排长说："你小子，吃了饭再走吧。"

"不了，中午饭前还能再赶一个哨所，要不到天黑也跑不完这几个点。"

汽车走远了，睢乡和支荣互相望了一眼，都有些不好意思。

睢乡说："支荣，进屋吧，外边风大。"

进了屋，支荣好奇地打量着屋内的一切。

睢乡倒了一杯水端过来说："你渴了吧，来，快喝点水。"

支荣红着脸接过杯子，说了声："谢谢。"

不一会儿，睢乡又拿过一块热毛巾来："你擦把脸吧。"

支荣脸又红了一下说："谢谢。"

沉默了片刻，睢乡想了想说："你一路上还顺利吧？"

支荣想了想说："挺顺利的。"

这儿条件差，让你受委屈了。

…………

两人都觉得对方有点陌生。

他们结婚两年了，只是结婚时在一起待了半个月，那是两年前的冬天。

吃了中午饭，睢乡说："支荣，你在家休息休息吧，我去巡线。"

"我不累，我跟你去巡线。"

"那好吧，拾掇一下咱们走，你多穿点衣服。"

181

"可天气一点也不冷呀。"

"这儿的天就像小孩子的脸,说变就变。"

睢乡检查了下工具包,向里边放了些东西。两个人一起上了路。

在野外,支荣兴奋地跳起来,想去摸一下天,那天低得人伸手几乎能够得着,蓝得耀人眼睛,远方一望无际。人处在这样的环境里,心胸好像也宽广了许多。

见支荣高兴的样子,睢乡摇了摇头,笑了。他试了好几次,见支荣没有反对的意思,才去拉起了她的手。

当两人天黑前快回到哨所时,天空忽然乌云密布,狂风大作,不一会儿,大雪就铺天盖地地下了起来。睢乡看了一眼像惊弓之鸟似的支荣,关切地说:"别怕,有我哪,咱们就快到哨所了。"

他把支荣的手握得更紧了。

支荣像个孩子,任由睢乡拉着向前走。

当两人回到哨所,外边地上的雪已有了膝盖深。

回到屋里,睢乡把炉子弄得旺旺的,做了饭。两人吃完饭,睢乡说:"你们城里人爱干净,我烧点水,你擦擦身子吧。"

"好的,不过,不许你偷看。"

"你把我当成什么人了?"

支荣擦完身子喊他进屋时,看到眼前的妻子,他一下子惊呆了:妻子化了淡妆,脸上白里透着微红,真是好看啊。她上身穿着白色短袖上衣,下身穿着红色的短裙,脚上穿着一双时髦的松糕凉鞋,那派头,那形象,比任何模特一点也不差啊!

后来,妻子又给他穿了各式各样的夏天的职业装、休闲装,还有一套夏天的新娘装,头型也换了许多花样。妻子每换一身衣服,都认真得一丝不苟,她的时装步走得别有韵味和风情。

睢乡如痴如醉地看着妻子的表演,双眼里涌满了热泪,他情不自禁地跑上去紧紧把妻子搂在怀里。

他给妻子写信说过,真想看看你夏天穿裙子的样子。

寒冬的边关哨所里,这一刻如夏天般盈满了温情和激情。

孤独红酒

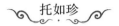

托如珍

接到短信的时候，江一雁正在办公室里枯坐。下班已经一个多小时了，她还没有离开的意思。最近，她越来越害怕下班了。

"亲爱的，我今晚不能去接你了，有个北京的朋友路过这里，是我读研究生时的同学，我陪他去喝酒。你自己回家，不要骑自行车了，不安全，打的回家吧，不要在乎那几块钱。我会想办法多挣些钱的。"

短信就是这样说的。江一雁知道，这个短信不是发给她的。她的丈夫早在一年前就去世了，从那之后，她再也没有听到过这么温情的话。不是她没有那个魅力，而是她的魅力让一般人不敢靠近。她是这个人口 80 万的县的县长。

坐在办公室里发呆的江一雁居然就是被这样一个短信打动了。看得出来，发短信的人是个有知识有爱心有责任感的男人，这个男人对妻子或者是恋人的呵护一下子就打动了江一雁。

那个幸福的女人真让人羡慕啊！可是她收不到这条短信会是一种什么情况呢？江一雁作为女人的心一下子为那个幸运的女人担心起来。事业型的江一雁是个雷厉风行的人，她想，她应该马上给发短信的人回个短信，告诉他发错了。

短信发过去，很快就回复过来："对不起，的确是发错了。谢谢您的好心提醒。您一定是个美丽可爱的人，祝您开心快乐！"

这一次的祝福是很真切地给自己的，江一雁忽然感到很温暖，其实，她每天听到的恭维话很多，但是她不怎么感兴趣，倒是这个陌生人赢得了她的好感。

"没有什么，这是我应该做的，是你们的感情感动了我。"江一雁不知为

什么,居然又给对方回了短信。

短信交谈就是这样开始的,从此之后,那个号码经常会给江一雁发过来信息,江一雁也一直热情地回复着。她有时候想想挺可笑,可是又觉得对这个短信充满了希冀。

短信从开始的客气的问候,慢慢变成了对人生的探讨,两个人的共同语言越来越多,这让江一雁觉得,电话的那一端有一个知己存在着。

他们开始透露一些个人的信息。对方说,他的爱人已经飞走了,像天使一样走了。每当他想起她,就要给天国的她发个短信,而号码是随机输入的,碰巧那天就发到了江一雁的手机上。这种短信,从来没有人回过,只有江一雁回复了,他认定江一雁是个好人。

江一雁笑了,好人不好人的,不好说,至少不想做个坏人。但是自己是个需要感情的女人,这一点是肯定的。

没有任何先兆,他打过来电话,说是想见见她。她一下子就同意了,丝毫没有想到自己的县长身份。在江一雁眼里,和他见面是再正常不过的事了。

"你请我吧。"江一雁很想体会一下做女人的感觉,被男人请,而不是做一个强者,在这里,没有县长,"我想吃农家饭,听说,文明路新开了一家店,环境挺好的。"

就是这样了,定好了时间,她就开始了期待。像小女孩一样的期待。这让她很吃惊,但是也很高兴。

约定的时间早就过了,他没有来,她一个人要了几盘野菜,觉得他大概不会来了,干脆又要了瓶红酒。很快酒就见了底,她表情镇定地打车离开了饭店。其实,饭店的老板和服务员都知道,县长今天在这个和她地位极不相称的小饭店里喝醉了。

他其实就在对面的小超市里注视着她。

他当然认识她。其实这一切全是他早就设计好的。他知道,一个寡居的女人有多么苦,他想利用这个机会得到女县长的青睐,然后他想做一个大工程。再然后呢,远走高飞,当然,做县长的丈夫也可以考虑。

当江一雁真的走进小饭店时,他突然在心里大骂自己没有人性。这样一个美丽善良的女性,她甚至在一顿相聚的晚餐上都为他考虑得这么周到,选择了花费仅有几十元的小店。这样的人,做人是个好人,做官也一定是个好官……

他在江一雁离开后才离开隐身的地方，他走得很潇洒。他不知道，此后，江一雁心里有过很久的失落。

波斯猫

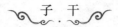

子 干

　　顾敏用枕巾拭了拭有些湿润的眼角，然后把儿子汤怀叫到身边。儿子收到了美国一所大学的录取通知书，正忙着收拾行装。听到妈妈的召唤，不情愿地停下来，伸手抹了抹额上的细汗走进妈妈的卧室。他知道妈妈要对他说什么，他实在是听腻了。他不明白，一向不喜欢唠叨的教授妈妈，为什么近来突然变得这么爱唠叨。

　　"怀怀，你这次出去，妈妈什么也不担心，只对你提出一个要求，就是绝对绝对不能找个波斯猫。就是一辈子打光棍，也不能找个波斯猫。"

　　"妈，这话您说了多少遍啦，我都向您保证多少回啦，绝对绝对不找波斯猫，您怎么还唠叨个没完？"

　　"波斯猫"，是顾敏对蓝眼睛老外的"爱称"。在儿子即将出国的日子里，这个称呼使用的频率空前增加。她一遍又一遍不厌其烦地对儿子说："你难道不知道？你才貌双全的姑姑，不顾全家人反对，死活要嫁给一个波斯猫，说他多么有学问，多么温文尔雅。可蜜月还没度完，就被波斯猫的老婆打上门来搅散了。还有你小舅，长得比高仓健还高仓健，多少中国姑娘追他，可他偏偏被大洋彼岸飘来的一只波斯猫的大长腿缠住了。被什么如何如何倾情中华文化，如何如何酷爱爱情专一的东方男子的花言巧语俘虏了。实际上这只母猫酷爱的是你小舅的那几笔大额稿费和版税，一旦把你小舅手里那点儿钱折腾光了，就与你小舅拜拜了。害得你小舅得了一场大病，差点没窝囊死。"

　　"照您这么说，西方人就没有真正的爱情啦，罗密欧与朱丽叶，简·爱与罗切斯特，泰坦尼克号沉船上的杰克与罗斯，不都是波斯猫吗？亏你还是教外国文学的。"儿子一反近来对妈妈的唠叨容忍再容忍的温顺态度，出言

186

不逊。

"你懂什么,那不都是小说戏剧中的人物吗?"顾敏忽地从床上坐起来,怔怔地看着儿子。

顾敏不说她自己,从来不提自己的事。顾敏觉得,受伤害最深的,不是烫怀的姑姑和小舅,而是自己。深到什么程度?深到不忍追忆,深到害怕提及。汤怀的姑姑和小舅,以及他们撞上的那两只波斯猫,跟自己的情况不一样,跟自己的那只"猫"也不一样。自己受的伤害属另一类。

"汤姆,汤姆……"顾敏坐在飞往大洋彼岸的波音747大型客机上,望着窗外茫茫云海,一遍遍念着汤姆的名字,陷入深深的沉思。当年她在美国读研究生时,与一个叫汤姆的"波斯猫"燃起了爱情的火焰。而就在这火焰越燃越旺的时候,她被查出了尿毒症。本来,无论是从医疗条件还是经济方面考虑,她都应该留在美国治疗,但她决意回国。她没有将自己的病照实告诉汤姆,而是说母亲病重,回国探视,要不了多久就会回来。汤姆信以为真。其实顾敏的母亲在她出国前就去世了。她告诉过汤姆。但天生不会撒谎,也不相信顾敏会对他撒谎的汤姆,脑子不会急转弯。

顾敏一去不返,音信皆无。汤姆使用了一切现代化通信手段,仍无法找到顾敏。"亲爱的你死了吗?死了也应该让上帝给我捎个信来呀!"汤姆以泪洗面,度日如年。

顾敏靠弟弟的一只肾,退回了上帝发给她的死亡通行证,但她始终未与汤姆联系。甚至还为此搬了几次家。在死亡线上挣扎时,她不想让汤姆分担她的痛苦;康复后,她又觉得不宜与汤姆叙旧。两年了,谁知汤姆啥样了,西方人对爱情专一的能有几个,何必再自找烦恼。后来她与一个老同学结了婚,但好景不长。一场飞来的车祸夺取了丈夫的生命。

"妈妈,向你通报一个特大新闻。"汤怀到美国打来的第一个电话就告诉顾敏,说亲自到机场接他的系主任,一见到他就打听顾敏的消息。儿子说,凡遇到从中国来的人,不论来自哪个城市,他都要打听一个叫顾敏的人。他叫汤姆。"他一听说我的母亲叫顾敏,就激动万分。"汤怀告诉顾敏,汤姆当天没有送他去学校,直接把他接到了自己的家里。

"他家里都有什么人?"顾敏迫不及待地问。

"他,他家里,"汤怀听出妈妈的声音有些颤抖,便故意吞吞吐吐地说,"他家里什么人也没有,只有一只波斯猫,雄性。"

空中掠过一朵芙蓉花

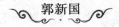

郭新国

　　1996 年,江南盐乡中学。盐乡中学地处市郊,美其名曰是区级直属中学,实际上是所农村中学。因为是沿海城市,吸引了大批大学生来任教。前两年,每年分来十几个。学校一下子变得年轻了,但年轻化的问题也来了。光棍汉的数量一下子剧增。

　　二十世纪九十年代的师范大学生男女数量基本平衡,不是猛龙不过江,过江的女龙们的眼光自然不会放在每个月和自己工资都是三四张"伟人头"的男龙们身上。于是,男龙们只好把眼光放在迟来的师妹身上,以期在她们入世未深时将其擒于马下。

　　果然,那一年,分来了一个女大学生。小巧玲珑的个子,白皙的皮肤,笑起来脸上漾起两个可爱的小酒窝。"清水出芙蓉。"教语文的团委书记老张立马给她打了 90 分,取名芙蓉。据消息灵通人士打听,她虽不是重点大学毕业,但出身不凡,华侨子弟,是照顾的对象。那有什么关系? 许多不足在漂亮女子身上似乎都可以忽略不计。这似乎是一条公理。

　　我发现,芙蓉的到来,在我们那群光棍汉中引起了很大的变化。比如教体育的老李,下班后喊他打篮球,反应不那么积极了;教物理的老何下班后不再像以往那样待在办公室勤奋地备课了,而是不时回到宿舍楼,站在走廊上和对面的芙蓉聊天;教数学的老王,下班后也不待在办公室看《足球》报研究东米兰西米兰了,不时拉着老乡芙蓉去打乒乓球,打完了总是盛情地邀芙蓉去他宿舍一起吃饭……变了变了,世道大变。

　　还是同科组的老张给晚熟的我一语道破,大家都行动起来了。我反思最近大家的一些反常举动,深感有道理。老张深感自己行动太迟缓了,他向关系好的女同事请教奋起直追的秘诀,女同事传经布道:"不如你来个'那人却在灯火阑珊处',当大家趋之若鹜时,你保持一点孤傲,说不定能后发制人呢!"老张闻言颇以为然,决定依计而行。

一场不见硝烟的战争在盐乡中学悄悄拉开了帷幕。但我们的芙蓉仍是整天"笑语盈盈暗香去",大家都能感受到她的芳香,当然,除了少数的同龄女子,她们是从不谈论芙蓉的——要知道芙蓉的到来遮盖了她们多少颜色啊!不过芙蓉不张扬,整天对谁都笑嘻嘻的,女同事的嫉妒也只能窝在心里。

芙蓉的自然赢得了许多人的好感。那次,工会搞一个三八节的墙报,五十多岁的主任特意叮嘱负责这项工作的团委书记老张叫上芙蓉帮忙。据老张说,叮嘱了很多次呢!看来,芙蓉真是惹人爱怜啊。

光棍汉们的行动紧锣密鼓地进行着。每天傍晚,单身宿舍楼的五楼形成了一道风景,大家都站在那里聊天,之所以站在5楼,因为那一层是芙蓉的宿舍所在地。李老师已经不满足于聊天了,他展开了情书攻略。为了保险起见,他写好后,特意请我吃了顿饭,让我给他检查检查,看有没有错别字。老王还是利用他的老乡关系,发动乒乓球战略,以期"小球推动大球"。老何呢,则发动他的幽默口才,不时逗得芙蓉咯咯咯直笑。老张在保持"孤傲"的同时,密切地关注着其他竞争对手的动向。

很快,半年过去了。过完春节,围绕着芙蓉的战争眼看更加激烈。

谁知二月份的一个星期天早晨,一辆大货车突然停在宿舍楼底下。几个人忙忙碌碌地将芙蓉的东西搬上了车。怎么回事,调走了吗?当晚,从外面回来的老李给了我一个答案:芙蓉走了。他请我吃水果,说是芙蓉留给他的,挂在窗户上。还有一封信,是写在试卷纸上的,不过字迹还是很工整。为了答谢上次我给他改情书上的错别字,老李给我看了,还特别点了其中的关键语句:"谢谢你的丰盛的晚餐……请你吃果果,希望你能尝到甜味……"老李反复重复着这些话,看样子他很受用。水果真的不是一般的甜!

第二天,我们就得到了准确消息。芙蓉是辞职了,她给学校秘书的办公室塞了一封信,告知了情况。据消息灵通的人士宣布说,她的男朋友是做生意的,她回去帮忙打理。不管怎样,那是1997年,芙蓉的突然出走在学校引起了一阵不小的波澜,校长秘书专门在大会上宣布了对她作自动离职的处分,并对我们做了一通认真的思想教育。

会后,大家议论着,几百块一个月的工资自然吸引不了她啊!有老教师对她赞赏有加:"星期一就是发工资的日子啊,也不领了工资才走。很潇

洒啊!"

主任一次特意问我:"有什么看法?"我说:"她好像不大理人。"大约因为有次我主动和芙蓉打招呼,她没怎么理我,我记恨着她吧。主任似乎找到了知音,他说:"是的是的。上次我让她帮忙出墙报,她临到最后才来,随便画了几个小猫小狗。像个小孩子,工作很马虎……"看来她对芙蓉的出走有点愤愤不平。

但我清楚地记得,老何老王等人没怎么议论过这件事。

我写这篇文章的时候,老何早就升官离开了,老王也去了重点中学。我站在2008年的校园讲台,给学生讲李清照的《鹧鸪天·桂花》,校园里桂花飘香,问起学生,他们都说没留意过。不知道已经为人夫和人父的老何老王等人还记得那曾经掠过的芙蓉花么?

我在水街等你

墨　村

　　风情万种的桂林兴安水街,是因为滋生爱情而闻名天下,五桥之一的娘娘桥可以作证,清澈甘甜的灵渠水成就了闻名遐迩的桂林米粉,柔滑爽口的桂林米粉养育了水街两岸风姿绰约的兴安妹子。19 岁的阿美就居住在水街边上。

　　阿美此时正双手托腮,坐在"阿美米粉店"的门口,一双大眼凝望着灵渠里往来穿梭的船舫出神,迷离的双眼里充满了忧伤。他走了,明年的这时节还会来吗?阿美不敢再往下想。阿哥呀,请你一定要相信我,我会一直在水街等你,到地老,到天荒。

　　阿美的目光穿越古色古香的天韵阁,看到了去年十一的水街。水街上游人如织,一拨一拨的旅游团,潮水一般漫上来,又退下去,没有个完。一个穿着一身牛仔装的长发青年出现在接龙桥上,左肩背着一只大包,右肩斜挂着写生画板,形单影只。阿美凭经验就知道他是一只单飞的鸟,她被他不凡的气质所吸引,一直目送他走进了一条街巷里去。

　　阿美后来才知道,他是来自北方一所大学的美术系学生。水街上飞檐镂窗雕梁画栋的古建筑群、酒吧、茶吧、古玩店、风味小吃店,还有小桥流水、砖雕照壁……都被他一一搬进了厚厚的画本里。

　　那天,他走进"阿美米粉店",要了一碗马肉米粉,嘴唇刚刚触到碗边,猛然觉得眼前金光乍现。他抬起头来,看到了送外卖回来的阿美。阿美白皙的瓜子脸上挂着一层细密的热汗,一缕儿秀发粘贴在小巧的鼻尖上。阿美身体前挺,头往一边微侧,纤巧的右手五指并拢,将锦缎般柔滑的一袭披肩发梳向了肩头。阿美巧夺天工的身体曲线制造出的这一姿势,让他目瞪口呆。这熟悉的姿势,来自于一幅知名的油画。这活生生如此逼真的立体展

现，电光石火般地击中了他。握在手中的筷条叭的一声砸落于地，引得一屋的眼睛纷纷投向了他。他手忙脚乱地弯腰去捡拾，却又碰翻了桌上的一碗米粉……

就这样他们相识了。阿美说你为什么不住酒店呢？他说他喜欢小巷里家庭旅馆的那份幽静，那幽深的长满苔藓的天井，还有那木门、木窗上的雕刻让他迷醉。他说，这里的米粉太好吃了，他要慢慢逐一品尝。他订约了5天的米粉外卖。三十余次的迎来送往让两颗火热的心贴在了一起。要回校了，阿美依依不舍地送他到水街口，红着眼圈悄声说："哥，明年的十一黄金周，我还在水街等你！"

让阿美做梦也想不到是，这个让她朝思暮想盼来的相聚，会出现那样的一幕尴尬。

又一个十一来临，他像一只准时回归的候鸟如期而至。那天晚上，一公里多长的水街上留下了他们相互依偎的幸福身影。夜色渐浓，她送他回到了小巷深处的那家家庭旅馆。分手的一瞬间，他们紧紧地相拥着，谁也不愿分开。挂在廊檐下的橘红色的夜灯散射暧昧，他们心照不宣地急匆匆进门，急匆匆关门，又急匆匆拥吻。一切都顺理成章水到渠成。两个人身上的衣服风刮着一样地被抛向了空中……

阿美白瓷样细腻光滑的裸体使他的呼吸急促。他吻向了她的眼睛、鼻子、红唇、紧实的胸脯与绵软小腰。阿美身体瘫软了。就在他即将进入之时，阿美突然醒悟似的浑身一个激灵，本能地奋力去推开他迅速下压的身体。而热血上涌的他，像一只莽撞、笨拙、口渴的小鹿，急急地找寻那一方甘泉却不管不顾。恐惧中的阿美双手乱舞，尖利的指甲深深地划向了他身体的一侧。剧疼使他一下子停止了粗暴的动作。阿美直挺挺仰躺在床面上，一双眼空洞地望着天花板一动不动。阿美可是他心中圣洁的美神啊！他无地自容，羞愧地抓起阿美冰冷的小手，捆向自己的脸颊。阿美舍不得下手，一声不吭地往回抽手。他懊恼地狠捆了自己两个嘴巴……

一大早，阿美送来了一碗热腾腾的红油米粉，却发现他早已不辞而别了。阿美失魂落魄地退出了天井。一家酒吧里悠然响起女歌星陈瑞演唱的《昨夜》："还记得昨夜推开这门，里面的主角是我们……"

那中速渐缓的节奏，特别是那沙哑沧桑富有磁性的嗓音，一下子让阿美泪流满面。

又见麦子

秦兴江

麦子是一个人。一个姑娘。

他遇见她的时候,麦收刚刚开始。

他去姐家帮忙收麦。在刚割完的一片麦田里,麦子牵着一头大黑牛正往那辆破板车里套。那头牛长得又大又结实,浑身黑亮。她轻声呵斥着它,像哄小孩子一样把它推拉到那辆破板车前。大黑牛刁,很会偷懒,慢慢腾腾好像在抗议——这么热的天,谁想干活啊?可她不依不饶,又拉又推,大黑牛坚持了一会儿,最后好像玩够了似的,很听话地站到那辆破板车前,任由她摆弄。

他有点儿看傻了眼,停下手中的活,假装看牛,实际上是看她。她也知道他是在看她,不是看牛,可她不抬头看他,专心去弄牛。这个时候,太阳像个大火球,烤得她满脸是汗。

"麦子,麦子——你怎么一个人?"姐家的邻居跟她打着招呼,"你大大呢?"

"大大"是沂蒙山地区的方言,就是"老爹"的意思。

"俺大大腰扭伤了——不能干活,越忙越添乱!"

她说着话,忙着抹一把脸上的汗水。他越看越觉得她长得漂亮,她刚削过的一头短发像个男孩,可那份与众不同,却又不是一个男孩所能比的。反正是越看越漂亮,可到底哪儿漂亮,他说不出来。

从那天起,他知道了她叫"麦子"。那天,在炎热的太阳底下,他竟然有点晕了,看麦子一个人忙着装车、拉麦,一趟一趟,那头大黑牛把他的心晃得七上八下。

割麦的季节是最辛苦、最忙人的季节,可是那一年,他感觉满地的麦子

变得格外亲切,等收完了地里的麦子,那个叫麦子的姑娘也就长到了他的心里。

后来,他就经常往姐家跑。后来,那个叫麦子的姑娘就和他好上了。

麦子和他好上的时候,麦子家的大黑牛就卖了,当然,那辆破板车换成了崭新光亮的手扶拖拉机——这是开进她们村的第一台手扶拖拉机。麦子家在村里虽不是最富的,但也是有钱的几户之一。麦子她大大是个很会过日子的人,样样精打细算,又会做买卖。

麦子开着那辆光亮光亮的手扶拖拉机,就跟男孩子一样,英俊洒脱。村里人不论男孩女孩、大人小孩都来看她开车的模样。围观的人非常羡慕,都说麦子是村里第一个会开拖拉机的女孩,麦子成为村里最美、最有能耐的姑娘,他听说后,心里美滋滋的,非常自豪。

可是麦子家里没有男孩,三个女儿,数麦子最大。麦子她大大要把麦子留在家里。

他急了,找姐商量,姐又找人去说合,可任谁去说也不行。麦子她大大太倔,姐说。

没办法,他对麦子说:"咱跑吧。"麦子说:"不行。""为什么不行?"麦子说:"俺大大身体不好。"他知道麦子孝心太重,他不勉强她。可他对麦子说:"俺想你。"麦子就哭了。

后来,麦子又哭了好多次。他恋着麦子,麦子也恋着他。

那一年秋收又忙又累,八月十五中秋节庄稼还没收完。到了晚上,麦子一个人开着手扶拖拉机下地拉花生,回来的路上,不知怎么就出事了。

麦子躺在医院整整两天也没抢救过来。有人说,那天麦子和她大大闹别扭,喝了好几两白酒,要不然绝对不会出事。听说麦子在走的时候,眼睁睁地瞅着她大大只说了两个字,那是他的名字,可是她大大听不懂,不知麦子说的是什么。

麦子没和他说声再见就走了。他睡了好长时间,不吃不喝,也不睁眼,只是哭。

好多人都以为他被麦子坑愣了,家里人还为他请神。他好像真的傻了,好长时间以后还跟丢了魂似的,见了人也不说话。

一晃几年过去了,有人给他介绍了一个姑娘,就是现在的老婆。说来也巧,这个姑娘的名字叫麦野,和麦子只差一个字。第一次听到时,他在心里说,就她吧,这是缘分。

麦野不俊,也不丑,麦野是个性格开朗的女人,也挺温柔。但麦野越是会疼人,他越是不由自主地去想麦子。有几回,他和麦野吻着吻着,抱住麦野就哭了,把麦野吓得不行。

怎么了怎么了?麦野抚着他的背,但他直摇头不说话。到底怎么了?麦野再问,他又接着哭了。

麦野便不问了,只是使劲搂着他,像哄小孩子。以后我会告诉你,过了好一会儿,他才稳定了情绪,从麦野怀里挣脱出来。

这一年的八月十五,秋收还没结束,地里满是庄稼。他又去姐家帮忙秋收,麦野也去了。

天黑的时候,他拉着满满一车庄稼,在那个拐弯的地方,车毫无缘由地翻进沟里。但说也奇怪,车虽翻了,人却好好的没伤着一根毫毛。

虽然这样,姐在后面还是吓傻了眼——怎么回事怎么回事?姐一连声问。

他从路沟里爬起来,恍恍惚惚地说:"我看见了麦子……"

姐一听,大惊失色,半天没说出一句话。

"啥,你看见了谁?"麦野追问。

姐就把麦子的事说了。麦野恍然大悟,说:"我就知道,他心里有鬼!"

这一天,正好离麦子出事十年整。

后来,有好长一段时间,他感觉不好意思,就像小偷被人揭了短。可麦野一如往常,照样对他很好,很温柔。

他憋不住,问她:"你怎么不生气?"

麦野说:"傻瓜,这有什么可生气的? 那都是过去的陈谷子烂芝麻事了,你想着她,说明你对她重情重义,不是花心汉,这是好事呀!"

麦野笑着,没事人一样。

他高兴地抱住她,笑得非常灿烂的麦野,在他怀里转眼就变成了金灿灿的麦子。